一 耘 小 詠
일운 스님의 속삭임, 심·심·심

心 심
心 심
心 심

一 轉 小 詠
일운 스님의 속삭임, 심·심·심

담앤북스

들어가며

천년 동안 텅 비어 살아 있는 佛影寺 도량
산은 늘 푸르고
천축산을 감싸고 도는 불영사 계곡에
물은 늘 흐르네.

천년을 지켜온 금강송과 나무들은 우뚝한데
그 가운데 천축선원 선불장이 있어
선납들이 모여 면벽좌선하며
일체 모든 번뇌 내려놓네.

세상에 그 누가 겁 이전의 소식을 알려고 하는가.
달은 지고 또 뜨지만 정겨운 새는 오지 않고
찬바람만 때때로 선불장 문 앞을 두드리네.
산은 늘 푸르고 물은 늘 흐른다.

2014년 납월팔일 성도전야에 짓다

일운 스님의 속삭임 心心心

살아 있는 모든 생명체들의 진정한 행복과 자유로움을 위해 그리고 우리가 사는 우주공간의 대자연에 감사한 마음을 담아 저는 지금도 불영산사 안에서 매 순간 열심히 정진하고 있습니다.

진정한 행복과 자유는 내 마음 안에서 찾아야 합니다.
자신의 참 마음은 어떠한 경우에도 변하거나 없어지거나 사라지지 않습니다.
그 참 마음을 깨달은 사람을 부처님이라고 표현합니다.

자신의 참 마음을 알아야 세상을 이해하게 되고, 세상을 이해해야 상대를 배려하고 생명을 중시하고 존중하게 됩니다.
그리고 자신의 마음을 바로 깨달았을 때 진정한 행복과 자유는 저절로 찾아옵니다.

제가 염불만일수행결사를 시작한 지도 벌써 천일이 되어가고 있습니다.
만일수행결사를 시작하면서 하루하루를 진실하고 청정하게, 지금에 살고 지금에 집중하자는 취지를 담아 매일 아침 〈마음〉시리즈 행복편지로 여러분들과 만나고 소통하고 있습니다.

하루를 시작하는 아침 시간은 저에게도 행복한 시작입니다.

회원여러분들의 많은 격려와 사랑 속에 한 권의 작은 책을 엮었으면 하는 바람을 물리치지 못해『일운 스님의 속삭임, 心心心』이라는 제목으로 출간하게 되었습니다.

매일 아침 회원들에게 보내드린 편지 중 간결하고 진실한 내용들을 모아 편집하게 되어 저도 기쁨을 감출 수가 없습니다.

또 하나의 기쁨이 있습니다. 불영사 입구 계곡물이 흐르는 곳에 여러분들을 위한 국제 힐링(Healing) 선 센터를 건립하기 위해 몇 년 전부터 터를 다지고 준비하였습니다. 지난 5월18일 드디어〈불영사 국제명상원 線. 善. 禪.〉의 설계가 세상에 나오게 되어 기본설계 설명회를 불영사에서 갖게 되었습니다.

설계는 지속가능한 자연 친화적인 설계로 세계에서 인정받는 훌륭한 디자이너인 윤경식 건축가님께서 맡아 주셨습니다.

세상에서 가장 멋지고 아름다운 건축물로 설계를 해주신 건축가님께 기쁜 마음으로 감사의 마음을 담아 드립니다.

들꽃이 햇볕을 찾아 옮겨 다니지 않는 것처럼
햇빛도 들꽃을 찾아다니지 않습니다.

인생의 시작도 지금 이 순간이며
인생의 중간도 지금 이 순간이며
인생의 마지막도 또한 지금 이 순간입니다.

모든 때는 지금이며 머무는 것도 또한 지금 이 순간입니다.
지금 현재 이 순간에 집중하여 최선을 다하는 사람은 근심이 없고
근심이 없으면 살아가는 매 순간이 즐겁고 유쾌할 것입니다.

어떠한 환경에서 무슨 일을 하든 지금 현재 서 있는 자리에서 최선
을 다해 집중하면 하는 일 자체가 즐거워지고 마지못해 하면 고통
이 늘 따를 것입니다.

우리의 인생은 어느 누구에 의해 창조되지 않습니다.
개개인의 자신이 매순간 자신의 인생을 창조하고 있다는 사실을
정확하게 인지하시길 바랍니다.

이 책이 세상에 나와 잠시나마 여러분들의 삶에 기쁨이 되고 지금에 집중된 삶을 창조해 낸다면 저는 더없는 기쁨이겠습니다.

진리(마음)는 여러분들 곁에 늘 존재합니다.
깨달음은 내가 찾아다니는 것이 아닙니다.
여러분들의 하루하루 일상에서 매 순간 만나고 있습니다.

살아 있다는 단 하나의 이유만으로도 지금 이 순간 여러분들은 행복하고 감사하지 않으십니까?

매일 아침마다 보내드리는 힐링(Healing) 편지와 함께 하루하루를 힘차고 행복하게 열어 가시길 진심을 담아 기원 드립니다.

이번 책을 편집하고 출간할 수 있도록 도와주신 담앤북스 오세룡 사장님께 깊은 감사의 말씀을 드리며 이상근 주간님께도 감사를 드립니다.
그리고 만일결사회원들께도 깊은 감사의 마음을 전합니다.

끝으로 책표지를 맡아 디자인해 주시고, 책이름도 지어주신 윤경식 건축가님께도 깊은 감사의 인사를 드립니다.

이와 같은 소중한 인연으로 우리가 사는 이 땅에 행복과 평화가 공존하기를 진심으로 서원하며, 여러분들의 건강과 진정한 행복을 마음 다해 기원 드립니다.

그리고 여러분들을 위한 힐링(Healing)공간, 〈불영사 국제명상원 線. 善. 禪. 〉국제선원의 대작불사가 원만히 이루어지길 간절히 발원합니다.

천축산 불영사 청향헌에서
여름 하안거 결제 중에

불영사 주지 **心田一耘** 合掌

CONTENTS

흔들리는 믿음에게

상처받은 마음에게

지금 여기 지혜에게

나를 바꿀 실천에게

흔들리는
믿음에게

하루
한마디
위로

활 만드는 사람이
활을 곧게 하듯

마음은 들떠 흔들리기 쉽고
지키기 어렵고 억제하기 어렵다.
지혜로운 사람은 마음 갖기를
활 만드는 사람이 화살을 곧게 하듯 한다.

「법구경」

인생은 스스로가 설계하는 것이지 누군가 나를 대신해서 설계해 주는 것은 아닙니다. 내가 지금까지 설계해 왔고, 지금도 설계를 하고 있으며, 앞으로도 내가 설계할 것입니다.

어떤 설계를 해야 좋은 결과가 나올지 우리는 잘 알고 있습니다. 어떤 설계가 내 인생에 진정한 행복과 자유 그리고 당당하고 멋진 결과를 가져다 줄 것인지는 모두 우리 마음에 달려 있습니다.

우리는 이미 무한한 능력을 지니고 있습니다. 어느 곳에 있든 어디서 무엇을 하든 지금부터 시작하면 됩니다. 이제부터라도 제대로 된 생각을 하고 그것을 실천에 옮기기만 하면 멋진 설계가 완성될 것입니다.

지금이 없는 내일은 없습니다. 지금부터 시작하십시오.

먼저 자신을 백 퍼센트 믿으십시오.

믿음은 모든 공덕을 완성시켜 줍니다. 믿음은 모든 고통을 이기게 하고 다른 사람으로부터 신뢰를 받을 수 있게 합니다.

그리고 감사한 마음을 일으키십시오.

조건 없이 모든 것에 감사하면 감사한 일만 생기게 됩니다. 감사할 일이 아니더라도 감사함을 마음 가득 느끼면 내 운명은 감사한 쪽으로 바뀌게 될 것입니다.

믿음이
흔들리는 사람에게

마음이 안정되지 않고
바른 진리를 모르며
믿음이 흔들리는 사람에게
지혜는 완성될 기약이 없다.

「법구경」

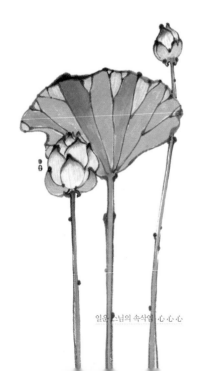

일운 스님의 속삭임 心 · 心 · 心

모든 악을 행하지 않고 착함을 구족하며 자신의 마음을 깨끗하게 하는 것이 불교의 가르침입니다. 이와 같은 가르침은 누구나 할 수 있는 일이며 착한 마음으로 행하기만 하면 스스로에게도 이익이 되고 나와 함께하는 사람들에게도 행복을 줄 것입니다.

"도란 무엇입니까?"
수행자가 스승에게 묻자 이렇게 대답했다고 합니다.
"내가 다소 불편하더라도 다른 사람을 편하게 해 주는 것이 도이다."

도는 멀리 있는 것이 아닙니다. 착한 마음을 내어 착한 행위를 하는 것이 도이며 진리입니다.

잘 지킨 마음이
평화를 가져옵니다

붙잡기 어렵고 경솔하고
욕망을 따라 헤매는 마음을
억제하는 것은 좋은 일이다.
억제된 마음이 평화를 가져오기 때문에.

알아보기 어렵고 아주 미묘하고
욕망에 따라 흔들리는 마음을
지혜로운 이는 지켜야 한다.
잘 지킨 마음이 평화를 가져오기 때문에.

홀로 멀리 가며
자취도 없이 가슴 속에 숨어든
이 마음을 억제하는 사람은
죽음의 굴레에서 벗어나리라.

「법구경」

일운 스님의 속삭임 心·心·心

모든 이를 존중하고 섬기는 마음이 있으면 나도 모든 사람들로부터 존경받게 될 것이며, 내 마음 향하는 곳이 삿되고 어긋나면 나의 행위도 삿되고 어긋나 있을 것입니다.

우주는 대자비로 충만합니다. 자비한 마음을 잃지 않고 모든 사람을 대하면, 내 삶도 자비심으로 충만하게 될 것입니다.

마음의 세계에는 본래 분별심과 시비가 없습니다. 그 어떠한 경우라도 한계가 없기 때문에 포용하고 수용하는 마음을 내면 포용 못 할 것이 없고 수용 못 할 것이 없습니다.

잘 살고 못 사는 것, 있고 없는 것으로 행복을 측정할 수는 없습니다. 세상 시비에, 세상 기준에 맞추어 분별을 일으키는 것은 내 삶에 불행만 초래할 뿐입니다. 행복과 불행은 세상이 주는 것이 아니라 스스로 내 안에서 만드는 것입니다.

날마다 좋은 날이며 순간순간 기적은 일어나고 있습니다.

멋지고 아름다운 삶을 지금 현재 살아가고 있다고 매 순간 내 마음에 이야기해야 합니다. 밥을 먹게 되면 밥을 먹고, 죽을 먹게 되면 죽을 먹는다는 마음으로 내 삶에 만족하고 내 인생을 귀하게 여기기 바랍니다. 그리고 매 순간 최선을 다할 뿐입니다.

바위는
바람에
흔들리지 않습니다

살아가면서 마음만 먹으면 어디든 갈 수 있고 안 되는 일이 없다고 하지만, 정작 자신에게는 이르지 못합니다.

자신을 아는 것이 불교의 가르침입니다.

자신의 마음을 알기 위해 나는 지금 무슨 생각을 하고 또 무엇을 하려고 하는지, 복잡한 일상에서 어떻게 해야 나의 몸을 치유하고 위로할 수 있는지에 대한 답은 간단합니다.

행복함을 느끼고… 만족함을 느끼고… 감사함을 느낄 때…

비로소 나에 대한 믿음이 생기고 몸도 마음도 치유될 것입니다.

여러분들의 자유로운 삶과 행복한 삶을 위해 오늘도 지금 이 순간에 집중하시기 바랍니다.

일운 스님의 속삭임 心心心

큰 바위가 그 어떤 바람에도 움직이지 않는 것처럼
지혜로운 사람은 비난에도, 칭찬에도 흔들리지 않는다.
깊은 못은 맑고 고요해 물결에 흐려지지 않는 것처럼
지혜로운 사람은 진리를 듣고 마음이 저절로 깨끗해진다.

『법구경』

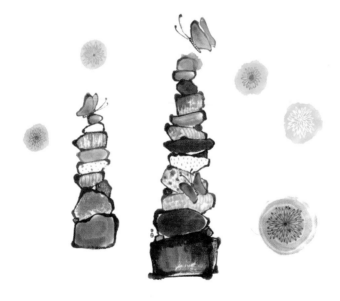

떳떳한 사람이 되십시오

현명한 사람은 어디서나 집착을 버리고
쾌락을 찾아 헛수고를 하지 않는다.
즐거움을 만나거나 괴로움을 만나거나
지혜로운 사람은 흔들리지 않는다.

자기를 위해서나 남을 위해서나
자손과 재산과 토지를 바라지 말라.
부정한 방법으로 부자 되기를 바라지 말라.
덕행과 지혜로써 떳떳한 사람이 되라.

「법구경」

인간의 내면에서 일어나는 수많은 욕망과 갈등 그리고 정신적인 문제를 해결하기 위해 생활 속에서 수행이 필요하고 힐빙(heal being)이 필요합니다. 힐빙이란, 치유를 통한 건강한 삶을 뜻합니다.

건강하기 위해서는 책임 있는 진실한 행위를 하면 됩니다. 모든 것은 자신에게 달려 있습니다. 사람들이 여러분에게 주입한 믿음보다 자신의 진실한 생각이 더 중요하다고 결심하는 순간, 모든 것은 생각대로 이루어지게 됩니다. 건강과 성공은 외부에서 얻어지는 것이 아니라 내면에서 나오기 때문입니다.

내면의 청정함과 고요함 그리고 그 내면에서 일어나는 기쁨을 온전히 맛보려고 집중한다면 치유되지 못할 병은 없습니다.
세상의 주인은 바로 여러분입니다.

국자가
국 맛을 모르듯이

내가 살아온 인생을 한 편의 그림이나 글로 표현한다면 집중력이 두 배는 높아질 것입니다. 그림을 그리고 손으로 글씨를 쓰면 더 강력한 자신만의 힘이 나옵니다. 그 이유는 마음속에 원하는 것을 그대로 글로, 그림으로 표현하기 때문입니다. 그림을 그리듯 글을 쓰듯 강력하게 집중해 가면 생각이 하나로 모아집니다. 마음이 가 있는 곳에 몸도 가기 마련입니다.

수행도 마찬가지입니다. 염불 집중이 안 되면 글로써 아미타불을 지속적으로 써 내려 가면 바로 집중이 됩니다.

어떤 것이 발명되거나 창조된 것은 누군가가 마음속에 그림을 그렸기 때문입니다. 내 인생도, 마음도 자기 자신이 창조한다는 사실을 잊지 마시기 바랍니다.

하루하루는 나의 하루이며 나의 시간입니다. 내가 하루를 사는 것이지 다른 사람이 대신 사는 것이 아닙니다. 사는 만큼 내가 주인이 되는 것입니다. 오늘도 주인공, 내일도 주인공입니다.

내가 존재함으로 세상도 우주도 함께 존재합니다.
내가 없는 세상은 존재하지 않습니다.

어리석은 사람은
한평생 지혜로운 사람을 가까이 섬겨도
끝내 참다운 진리를 깨닫지 못하니
국자가 국을 뜨되 그 맛을 모름과 같다.

지혜로운 사람은
잠깐이라도 성현을 가까이 섬기면
곧 진리를 깨달으니
혀가 온갖 맛을 아는 것과 같다.

『법구경』

마음으로
선을
행하십시오

몸의 성냄을 막고
몸을 억제하라.
몸의 악행을 버리고
몸으로써 선을 행하라.

말의 성냄을 막고
말을 삼가라.
말의 악행을 버리고
말로써 선을 행하라.

마음의 성냄을 막고
마음을 억제하라.
마음의 악행을 버리고
마음으로써 선을 행하라.

지혜로운 이는 몸을 억제하고
말을 삼가고
마음을 억제한다.
이와 같이 그는 자신을 잘 지키고 있다.

『법구경』

성장하려고 노력할 때
삶은 보람과 기쁨으로 충만할 것입니다.
상대를 진심으로 이해했을 때 용서를 하게 되고
용서했을 때 진정으로 화해를 할 수 있습니다.
자신의 고통을 진심으로 이해해야
다른 사람들의 고통을 이해할 수 있습니다.

경계가 없는 사람

번뇌를 물리칠 좋은 약을 구하라.
지혜로운 사람은 욕망을 버리고
아무것도 가진 것 없이
마음의 때를 씻어 자신을 맑히라.

깨달음을 얻기 위한 방법으로
마음을 바르게 닦고
집착을 끊고 소유욕을 버리고
항상 편안하고 즐거우며
번뇌가 사라져 빛나는 사람은
이 세상에서 이미 대자유의 경지에 이른 것이다.

『법구경』

언행이 일치하는 삶을 사는, 놀라운 내면의 힘을 아는 이는 사람을 감동시킵니다. 자신이 추구해야 하는 가치를 알고 일관된 삶을 사는 사람들 또한 무척 아름답습니다.

나는 낮추면 낮출수록 높아지고 비우면 비울수록 채워집니다.

일운 스님의 속삭임 心·心·心

이젠 그만 내려오시거나
높으신 그 자리

내 인생의 주인,
마음

몸과 마음에 내 것이란 생각이 없고
내 것이 없어진다고 해서 조금도 걱정하지 않는 사람,
그를 진정한 수행자라 부른다.

자비로운 생활을 하고 부처의 가르침을 믿는 수행자는
고요를 얻고 윤회가 멎은 축복받은 대자유에 이르리라.

「법구경」

불교의 핵심적인 가르침을 한마디로 표현하면 "우주의 본체는 마음이다."입니다. 마음은 우주의 주인이며 세상의 주인이고 내 인생의 주인이기 때문입니다.

지금 일으키는 한 생각이 인생 전부를 만들어 갑니다.

산을 보면 산 그대로가 법이고 물을 보면 물 그대로가 법입니다. '내가 머무는 이 자리를 떠나서는 어떠한 법도 진리도 존재하지 않는다.'는 뜻이며, 여러분이 바로 법이며 진리라는 뜻입니다.

깨달음은 본래면목, 즉 본래 마음을 깨닫는 것입니다. 그 마음을 깨달은 사람이 부처님입니다. 여러분도 반드시 깨달음을 얻을 수 있습니다.

모든 생명은
평화를 바랍니다

모든 생명은 평화를 바라는데
폭력으로 이들을 해치는 자는
자신의 평화를 구할지라도
다음 세상의 평화는 얻지 못한다.

모든 생명은 평화를 바라는데
폭력으로 이들을 해치지 않고
그 속에서 자신의 평화를 구하면
다음 세상의 평화를 얻게 되리라.

『법구경』

일운 스님의 속삭임 心·心·心

자신을 위로하는 마음으로 다른 사람을 위로하고, 자신을 다독이는 마음으로 다른 사람들을 다독여 준다면, 자신의 마음은 늘 평화로울 것이며 세상 또한 평화가 유지되리라 믿습니다.

지금은 소통의 시대입니다. 각자 어떻게 살아왔고 어떤 인연을 가지고 있는가는 중요하지 않습니다. 다만 지금 이 순간 함께하는 것에 감사한 마음을 가져야 합니다.

매 순간 환한 웃음으로 세상일을 맞이하고 사람들을 맞이한다면 무슨 근심 걱정이 있겠습니까?

그 웃음이 내가 모르는 다른 이들의 상처를 치유하고 그들이 삶을 살아가는 데 힘이 될 수도 있습니다. 그렇게 되기를 진심으로 기원합니다.

사랑을 하되
집착이 없어야 합니다

사람이 항상 깨어 있고
밤낮으로 부지런히 배우고
절대 자유를 추구하고자 한다면
온갖 번뇌는 저절로 사라지리라.

『법구경』

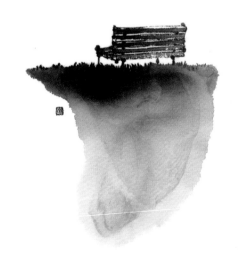

일운 스님의 속삭임 心·心·心

사랑의 아픔은 사람을 좋아하는 데서 생기고 가난의 괴로움은 베풀지 아니 함에서 옵니다. 좋아하고 미워하고 싫어하고 괴로워하며 사는 삶일지라도 그 삶 또한 고정되어 있거나 영원하지 않습니다.

지혜로움으로 고통스러운 현실을 자유롭게 극복하는 것이 자신의 삶에 도움이 됩니다. 사랑을 하되 집착이 없어야 하고 미워하되 거기에 오래 머물러서는 안 됩니다. 가난한 것은 베풀지 아니함에서 비롯되었으니 형편이 어렵지만 베풀기 위해 노력하는 것이 나를 성숙하게 하는 삶입니다.

인연 따라 마음을 일으키고 가고 오는 것도 인연이라면, 모든 것을 인연에 맡기고 집착 사랑 미움 원망 분노 등을 마음에서 깨끗이 비워 내십시오. 지금에 집중하면 과거를 놓을 수 있고 미래를 미리 걱정하지 않아도 꿈이 실현되리라 믿습니다.

지금 이 순간에 집중된 삶은 바로 나 자신을 건강하고 자유롭게 하는 것입니다. 진정 마음의 평화는 자신이 만들어 내는 것입니다.

향은
바람을 거스르지 못합니다

전단 향과 따가라 향과 재스민 향이 아무리 짙다 해도
바람을 거슬러 가지 못한다.
다만 아름다운 행실의 향기만이 바람을 거슬러 올라가나니
이런 행실을 갖춘 이의 향기는 사방으로 퍼져나간다.

『법구경』

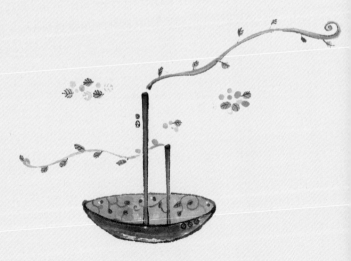

일운 스님의 속삭임 心·心·心

대자연은 늘 우리가 살아서 숨 쉴 수 있도록 해 주고 경이로움과 순간순간의 변화로 아름다움을 만들어 내고 있습니다.

지금 이 순간 자연과 우리 모두는 하나입니다. 일심동체입니다. 이 모든 신비로운 자연의 변화에 깊은 감동과 경이와 감사를 보냅니다. 신라 천년의 신비, 자연의 조화를 간직한 천축산 자락 소나무 숲속의 불영사에도 깊은 감동과 찬사, 감사를 보냅니다.

그리고 변하지 않는 신비한 그것, 바로 여러분의 지고지순하고 살아 있는 경이로운 생명, 즉 마음자리에 더 큰 감사와 감동, 깊은 찬사와 찬탄을 보냅니다.

어젯밤 잠에서 깨어 다시 정진을 하게 해 준 소쩍새에게도 감사의 마음을 전합니다.

마음은
어디를 향해 있습니까?

마을이거나 숲이거나
골짜기거나 봉우리거나
진리의 사람이 머무는 곳은
언제나 즐거움이 가득하리라.

『법구경』

　진실하고 청정한 마음자리는 어떤 모양도 이름도 정해져 있지 않습니다. 그 마음은 푸른 것도, 누런 것도, 붉은 것도, 흰 것도 아닙니다. 그리고 긴 것도, 짧은 것도, 가는 것도, 오는 것도, 더러운 것도, 깨끗한 것도 아닙니다. 태어나는 것도 죽는 것도 아니기 때문에 담연하여 항상 고요하고 청정합니다. 그러나 그 마음이 일체를 보고 일체를 느낍니다. 그것이 본래 마음입니다.

일운 스님의 속삭임 心心心

지금 여러분의 마음은 어떠합니까?

『금강경오가해』에서 함허득통 선사께서는 "유일물어차有一物於此하니 절명상絶名相이로다."라고 했습니다.

'여기에 한 물건이 있으니 이름도 모양도 없다.'라는 뜻입니다. 그 한 물건이 본래 마음이며 이 우주의 주인이며 세상의 주인입니다.

지금 이 순간이 지나면 지금 이 순간은 다시 돌아오지 않습니다.
여러분은 지금 무슨 생각을 하고 있습니까?
마음은 어디에 있습니까?

영원한 것은 없습니다

건강은 가장 큰 이익이고
만족은 최고의 재산이다.
두터운 신의는 가장 귀한 친구이고
열반은 최고의 행복이다.

『법구경』

　　모든 현상은 덧없이 무상합니다. 눈에 보이는 물질세계, 즉 현상 세계는 영원하지 않고 매 순간 쉼 없이 변화하고 있습니다.

　　세상에서 절대로 변하지 않는 것은 아무것도 없습니다. 그러기에 '내 것'이라고 할 수 있는 것은 없습니다. 그러나 우리들의 마음은 변하지 않고 영원히 존재합니다. 그 마음이 착한 마음을 일으키면 착한 행위를 하고 나쁜 마음을 일으키면 나쁜 행위를 합니다.

우리들이 살아가면서 올바른 행위를 하는 것은 마땅하고 그 행위는 항상 그림자처럼 따라다닐 것이며 그 행위에 따라 자신의 인생이 결정됩니다.

모든 존재의 실체를 바로 아는 것이 불교의 가르침입니다. 존재의 실체를 바로 알면 어떠한 것에도 집착하지 아니 할 것이며 어떠한 행위에도 자유로울 것입니다. 그리고 모든 것에 만족하고 살아 있음에 감사할 것입니다.

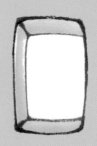

갈망의 집을 떠나 열반을 자신의 목표로 삼은 현명한 사람은
어두운 상태를 포기하고 순수하며 선한 상태를 가꾸어야 하네.

보통 사람들이라면 아무런 즐거움도 찾지 못하는
고독, 초연함과 열반에서 큰 희열을 구해야 하네.

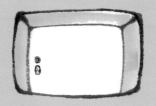

또한 육욕의 즐거움을 포기하고
아무것에도 집착하지 않으면서
순수하지 못한 마음을 스스로 정화해야 하리.

『법구경』

집착의 무게

마음이 고요하고 말이 고요하며
행동이 고요하여 바르게 아는 사람은
완전히 해탈하여 완벽하게 평화로우니
오르내림에 전혀 흔들리지 않네.

『법구경』

일운 스님의 속삭임 心 心 心

사람들은 대부분 무거운 짐을 어깨에 메고 내려놓지 못해 힘들어합니다. 또한 마음의 짐도 감당하지 못해 힘들어합니다.

마음은 형체도 무게도 질량도 모양도 색깔도 없는데 무엇을 두고 힘들다고 하는 것입니까? 무엇이 무겁게 했다는 것인지….

그것은 집착이라는 무게 때문이 아닐까요?
눈에 보이지 않는 수많은 마음속의 갈등, 욕심, 경쟁, 스트레스가 무거운 짐이 되어 힘들게 하고 있지는 않는지요?

불교의 가르침은 모든 집착으로부터의 해방입니다. 마음을 비우면 모든 것은 순식간에 비워집니다. 집착은 사람을 고통으로 이끌기 때문에 집착을 내려놓지 않으면 영원히 고통에서 해방되기 어렵습니다.

지금 이 순간은 세상에서 가장 아름다운 순간입니다.
지금을 사는 사람이 최고 행복합니다.
지금 이 순간에 집중하기 바랍니다.

긍정적인 생각

황금이 소나기처럼 쏟아질지라도
사람의 욕망을 다 채울 수는 없다.
욕망에는 짧은 쾌락에 많은 고통이 따른다.

지혜로운 이는 그와 같이 알고
천상의 쾌락도 기뻐하지 않는다.
바르게 깨달은 이의 제자는
욕망이 다 없어짐을 기뻐한다.

『법구경』

　　세상을 얻으려면 세상을 덮을 포용력을 갖추어야 하고 학문을 성취하려면 학업에 집중해야 합니다. 풍요로움을 얻으려면 끝없이 어려운 이들에게 베풀어야 합니다.

　　마음속 에너지는 결코 고갈되지 않으며 늘어나지도 줄어들지도 않습니다. 매 순간 여러분과 함께하며 여러분의 진실한 믿음에 반응합니다. 진실한 마음으로 친절한 말을 하고 정직한 행위를 하는 것은 우리가 살아가는 데 반드시 필요한 기본 도덕입니다.

긍정적인 사고는
자신의 마음을 열게 하고 모든 것을 이루게 합니다.

즐거움이 없는 곳에서
희열 구하기

갈망의 집을 떠나 열반을 자신의 목표로 삼은 현명한 사람은
어두운 상태를 포기하고 순수하고 선한 상태를 가꾸어야 하네.
보통 사람들이라면 아무런 즐거움도 찾지 못하는
고독, 초연함과 열반에서 큰 희열을 구해야 하네.
또한 육욕의 즐거움을 포기하고 아무것에도 집착하지 않으면서
순수하지 못한 마음을 스스로 정화해야 하리.

『법구경』

가장 순수하고 아름다운 순간은 지금입니다.

지금 무슨 생각을 하고 있으며 무엇을 향해 나아가고 있는지요?

건강하고 행복한지요?

지금의 한 생각이 당신의 인생을 만들어 갑니다. 행복한 순간을 만들기 위해서는 행복한 생각을 많이 해야 하고 행복한 행위를 많이 해야 합니다. 어떠한 순간이라도 지금 현재 일념에 집중해 간다면 매 순간 행복해집니다.

자비로운 마음은 머무는 곳마다 평화가 따르게 하고, 진실한 마음은 머무는 곳마다 기쁨이 따르게 할 것입니다.

지혜의 누각에서 내려다보기

지혜로운 이는 주의 깊게 마음 챙김으로써 방일한 삶을 물리치고
지혜의 누각에 올라 근심 없이 슬픈 중생들을 내려다본다.
산 위에 오른 현자가 산 아래 어리석은 이들을 바라보듯이.

「법구경」

　　화와 분노는 이성을 잃게 하고, 시기와 질투는 순수한 창의성을
마모되게 하고, 게으름은 끊임없이 무료하게 합니다.
　　반대로 환경이 어렵고 힘들지만 스스로 내면의 힘을 믿고 큰 용기
를 가지면 무한한 에너지를 생성시킵니다.

　　게으름과 마음의 평안은 결코 같을 수 없습니다.
　　게으름은 나쁜 습관입니다. 우리들이 살아가는 일상에서 성실하
고 근면한 습관을 갖는 것은 매우 중요합니다.

일운 스님의 속삭임 心 心 心

아무리 복잡한 일상이라도 자신의 마음은 매 순간 떠나 있지 않습니다. 그 마음을 지켜보는 것이 제일 중요합니다. 지켜보지 않으면 자신의 마음에 어떠한 나쁜 종자가 자라나는지 모를 일입니다.

다른 사람은 다 속일 수 있어도 자신의 마음, 즉 양심은 절대로 속일 수 없습니다. 왜냐하면 마음이 몸의 주인이기 때문입니다.

자신의 마음을 속이지 않는 삶을 사는 사람이 현명하고 지혜로운 사람입니다.

삶은
약속입니다

사랑으로 화를,
선으로 악을 정복하라.
너그러움으로 구두쇠를,
그리고 진실로써 거짓말을 정복하라.

『법구경』

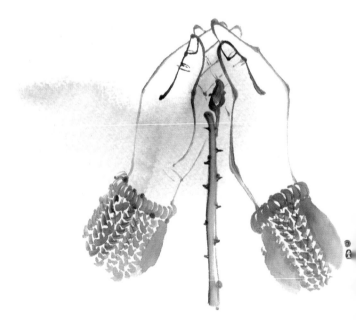

일운 스님의 속삭임 心心心

삶은 아름다움입니다.
아름다움을 느낄 때 행복해집니다.

삶은 신비로움입니다.
신비함을 느끼는 순간 내 삶은 더욱 소중해집니다.

우리들의 삶은 약속입니다.
약속을 지키기 위해 노력했을 때 내 삶은 진실해집니다.

자신의 마음이 평화로울 때 진정한 행복이 찾아옵니다.
사랑의 에너지는 자신을 바꾸어 놓을 뿐만 아니라
함께 사는 모든 이들을 변화시키는 힘이 있습니다.

이 모든 것은
진정 마음이 지금, 여기, 이 순간에 머물러 있어야 가능합니다.

잠시 생각을 멈추고
지금 이 순간을 느껴 보기 바랍니다.

받아들이기

살아 있는 한 부드럽게 말하리라.
험담하지 않으리라.
시기하지 않으리라.
진실만을 말하리라.
화내지 않으리라.
만약 화가 일어나면 즉시 없애리라.

『법구경』

우리들은 어쩌면 삶의 소중함을 잊고 사는지도 모릅니다. 살아 있다는 것이 더없이 소중하고 대단한 선물이란 것을 깨닫지 못하고 그냥 지나갈 때도 있습니다. 생일에 선물을 받으면 그 순간 고마워할 줄 알아도 삶 자체를 고마워할 줄은 모릅니다.

헤르만 헤세가 "구원의 길은 오른쪽으로도 왼쪽으로도 통해 있지 않다. 그것은 자기 자신의 마음으로 통한다. 거기에만 신이 있고 거기에만 평화가 있다."라고 했듯이, 지금 이 순간 우리는 온전한 우리의 삶을 살아가고 있다는 사실을 인지하고 깊이 감사하고 소중한 마음을 가지는 것이 중요합니다.

오늘도 수많은 일이 우리들 주변에서 일어나고 있습니다. 그러나 조금도 두려워하거나 불안해하지 말고 있는 그대로 받아들이고 수용하면, 괴로운 일도 즐거움으로, 불안한 마음도 편안한 마음으로 변하게 됩니다.

행복도 기쁨도 평화도 내 안에 존재합니다.

자신을 정복한 사람

전장에서 백만 명의 적군을 정복했다 하여도
자기 자신을 정복한 사람이
진실로 최상의 승리자네.

『법구경』

일운 스님의 속삭임 心·心·心

어리석은 이는 자신의 허물을 알지 못하고 지혜로운 이는 자신을 알아 잘 다스립니다. 어리석은 이는 남을 괴롭히고 지혜로운 이는 남에게 이익을 줍니다.

나의 잘못된 행위로 남에게 피해를 주는 일은 절대로 하지 말아야 합니다. 인과의 법칙은 누구에게나 해당되기 때문입니다.

세월이 간다고
한탄하지 마십시오

바른 법 보아 남에게 보시하고
인자한 마음으로 남의 이익 좋아하며
남을 이익 되게 하되 공평하게 하면
많은 사람이 친하게 따르리라.

『법구경』

인생은 참으로 짧습니다. 흘러가는 물처럼.

그러나 인생은 현상적입니다.

인생은 참으로 길고 영원합니다.

왜냐하면 오늘, 지금, 이 순간이 존재하는 것처럼 우리의 인생은
영원히 그와 같이 존재합니다.

지금 이 순간이 존재하기에 내일이 존재하고 내일이 존재하기에
인생은 영원히 존재합니다. 세월이 간다고 한탄할 것이 아니라 지금
이 순간 인생을 가치 있고 참되게 사는 것이 참으로 중요합니다.

우리의 삶은 지금 이 순간 안에 온전히 존재합니다.

일운 스님의 속삭임 心心心

오늘 해야 할 일을 미루는 것은 지금 내 인생을 포기하는 것이나 다름없습니다. 지금에 집중하여 최선을 다한다면 내일을 걱정할 필요가 없습니다. 지금 이 순간이 없는 내일은 존재하지 않으니까요. 삶에 흥미가 없는 것은 자신의 삶에 집중하지 않기 때문입니다.

내가 자유롭고 평화로운 삶을 원한다면, 그리고 행복한 삶을 원한다면, 나와 함께하는 이 지구촌의 생명들도 똑같이 그것을 원할 것입니다.

어떠한 사람을 대하더라도 매 순간 진실로 공경하고 사랑하여야 나도 그와 같이 매 순간 공경과 사랑을 받을 수 있습니다.

삶 속의 진리

존경과 겸손, 만족과 감사를 아는 마음,
그리고 때로는 진리의 가르침을 듣는 것,
이것이야말로 더없는 행복이다.

『숫타니파타』

변하지 않는 진리는 늘 우리들의 삶과 마음 속에 있습니다.

평범한 일상 속에 합리적인 가르침과 비범한 깨우침이 있다는 것을 늘 기억하기 바랍니다.

미래에 대한 기다림을 놓아 버리고 현재에 집중하는 습관을 기르는 것은 매우 중요합니다. 지금 이 순간이 없는 미래는 없기 때문입니다. 매 순간에 집중하여 최선을 다하면 그 삶 속에서 영원한 진리를 발견하게 될 것입니다.

어젯밤 불영사에 소쩍새가 놀러와 애절하게 밤을 새워 울더니 오늘 아침 하늘에는 먹구름이 낮게 깔려 지금은 비가 내리고 있습니다. 밤새 우는 소쩍새와 자연을 벗 삼아 수행하고 있는 저는 있는 그대로가 참으로 행복입니다.

행복은
어디서 오는 것입니까?

바다 한가운데는 파도가 일지 않아 잔잔하듯,
마음을 고요히 하여 들뜨지 말라.
어떤 경우라도 더 이상 욕망을 일으키지 말라.

『숫타니파타』

행복은 완벽하고 갖추어진 때에 오는 것이 아닙니다.

행복하다고 느낄 때 완벽하고 완전하게 행복은 찾아옵니다.

일상에서 일어나는 잡념, 망상과 싸워서 이기려 하지 말아야 합니다. 잡념, 망상은 투쟁의 대상이 아니라 성찰의 대상입니다.

생각을 잠시 멈추고 마음을 고요히 하여 마음의 근원으로 돌아가 본심의 길을 산책하는 것이야말로 어떠한 성취보다 훌륭하지 않을까 생각합니다.

복잡한 환경에 처하더라도 소박하고 자연스러움 속에서 자신을 성찰하고 집중된 위대한 자아, 즉 마음을 발견하기 위해 노력하는 삶이 아름답고 순박한 삶입니다.

지금 그대로의 삶이 가장 위대하고 아름답습니다.
지금 이 순간에 집중하십시오.

어젯밤의 달빛은 너무도 투명하여 마치 천 년의 어둠을 일시에 밝힌 것과 같았고 멀고 가까운 산에서 애절하게 들려오는 소쩍새 울음소리는 온 도량에 퍼져 정진하는 스님들에게 장군죽비가 되었습니다.

스님들과 자연의 조화, 있는 그대로의 모습, 이러한 모습이 아름다움이 아닌가 생각합니다. 복잡함 속에서 여유를 가져 보시길….

밖에서
찾지 마십시오

사물에 통달한 사람이 평화로운 경지에 이르러 해야 할 일은 다음과 같다.
유능하고 정직하고 말씨는 상냥하고 부드러우며 잘난 체하지 말아야 한다.
만족할 줄 알고 많은 것을 구하지 않고 잡일을 줄이고
생활을 간소하게 하며 모든 감각이 안정되고 지혜로워
마음이 흐트러지지 않으며 남의 집에 가서도 욕심을 내지 않는다.

『숫타니파타』

'밖에서 찾지 않는다.'는 것은 곧 내 안의 보배 창고에 보배가 가득 차 있다는 뜻입니다. 그 어떠한 것도 물질로는 내 인생을 대변하지 못하기 때문입니다.

마음의 보배란
마음의 만족
마음의 안정
마음의 진실
마음의 기쁨
마음의 행복
마음의 지혜입니다.

마음의 보배가 꽉 차 있다면 두려울 것도 불안할 것도 없습니다. 만족하면 안정이 되고 안정이 되면 진실해지고 기쁘고 행복하며 결국 지혜로운 삶을 살게 됩니다.

인생은 소중하고 귀합니다.
사랑과 자비심으로 인생을 잘 가꾸어 가기 바랍니다.

한계는 없습니다

연꽃이 진흙과 흙탕물에 더럽혀지지 않듯
현명한 사람은
보이는 것과 들리는 것과 인식된 것에 물들지 않는다.

『숫타니파타』

일운 스님의 속삭임 *心心心*

　자신의 능력에 한계가 있다고 생각하면 그 한계를 결코 뛰어넘을
수 없습니다. 우리의 마음은 근본적으로 한계가 없습니다.

　다만 한계라는 관념이 있을 뿐입니다. 한계가 있다고 생각하는 관
념에서 벗어날 때 무한한 마음의 힘을 느끼게 될 것입니다.

가득 찬 것은
소리를 내는 법이 없습니다

얕은 물은 소리를 내며 흐르지만
깊은 물은 소리를 내지 않는다.
모자라는 것은 소리를 내지만
가득 찬 것은 소리를 내는 법 없이 아주 조용하다.
어리석은 자는 반쯤 물을 채운 항아리와 같고
지혜로운 이는 가득 찬 연못과 같다.

『숫타니파타』

다른 사람의 삶을 통해서 자신의 삶을 인식하는 것도 살아가는 데 도움이 되리라 생각합니다. 나와 남은 분명히 둘이지만, 지금 함께 살고 있는 삶은 하나임을 깨닫기 위해 우리들은 늘 게으르지 말아야 합니다.

아름다운 인연은 조화입니다.
그 조화를 이루기 위해 우리들은 끊임없이 자신을 비우고 낮추고 양보하고 인내하며 함께 살아가는 것이 아닐까요.

일운 스님의 속삭임 心·心·心

내가 없는 이 세상은 존재하지 않습니다.

내가 존재하기 때문에 이 세상도 존재합니다.

내가 웃으면 세상도 따라 웃고 내가 울면 세상도 따라서 웁니다.

내가 기분이 좋으면 세상도 따라서 기분이 좋아질 것입니다.

세상이 나를 나쁘게 하는 일은 결코 없습니다.

끊임없이 일어나는 상념들을 잠시 내려놓고 자기 자신에게 집중해 보기 바랍니다. 내가 세상의 주인입니다. 세상이 나를 다스리는 것이 아니라 내가 나를 다스리기 때문입니다.

베풀어야 얻습니다

알맞은 일을 하고 책임을 다하며
열심히 노력하는 사람은 재물을 얻는다.
진실하면 명성을 떨치고
베풀면 친구를 얻는다.

『숫타니파타』

웃으면서 산다는 것이 쉬운 일은 아니지만 웃으면 복이 온다는 옛말도 있습니다. 복잡한 일상에서 어렵고 힘든 일이 어찌 없겠습니까. 그러나 모든 일은 순식간에 지나갑니다.

좋은 일이든 나쁜 일이든 그 일에 집착하면 괴로움이 오고, 내려놓으면 내려놓는 순간 마음이 태평해지고 천하가 태평하게 될 것입니다.

늘 웃으면서 기쁜 마음으로 모든 것을 받아들이면 언제나 좋은 일만 생기고 건강도 유지될 것입니다.

내가 웃으면 세상도 따라 웃고 내가 울면 세상도 따라 웁니다.

웃으면서 사는 삶은 지혜로운 삶이 되지만 울면서 사는 삶은 고통이 늘 따라다닐 것입니다.

내 인생의 주인공, 우주의 주인인 마음을 잘 다스리면 무한한 보배를 얻을 것입니다.

마음은, 열면 한없이 열리고 닫으면 바로 닫힙니다.

마음은 언제나 우주의 주인으로 우뚝 눈앞에 펼쳐져 있습니다.

늘 웃는 마음으로 마음을 열며 살아가기 바랍니다.

근심이
없는 사람

자식이 있는 사람은 자식 때문에 근심하고
재물을 가진 사람은 재물 때문에 근심하며
애인이 있는 사람은 애인 때문에 근심합니다.
집착하는 것은 끝내 근심으로 다가옵니다.
집착할 것이 없는 사람은 근심할 것도 없습니다.

「숫타니파타」

일운 스님의 속삭임 心·心·心

세상에 영원한 것은 하나도 없습니다.

눈에 보이는 현상은 쉼 없이 변화합니다. 모두가 한순간에서 또 다른 한순간으로 옮겨 가며 덧없이 사라질 뿐입니다.

모든 것은 잠시도 머물러 있지 않기 때문에 무엇이라도 내 것이라 집착하면 할수록 멀어지게 됩니다. 그래서 괴로움이 생깁니다. 왜냐하면 고통은 집착에서 시작되기 때문입니다.

진정한 행복은 변한다는 사실을 바로 깨달아 아는 것입니다. 깨달아야 몸과 마음을 평화롭게 가질 수 있고 진정 자유를 누릴 수 있기 때문입니다.

마음은 모든 것을 이끌어 가는 주인입니다.
마음을 깨달을 때 비로소 영원한 자유인이 됩니다.

내
발밑부터
살피십시오

다른 사람들의 잘못을 찾지 말고
다른 사람들이 했거나 하지 못한 일들을 찾지 말라.
자신이 한 일과 미처 하지 못한 일들을
잘 살펴보아야 하리.

『법구경』

삼라만상의 실상을 바로 볼 줄 알아야
세상의 진실을 알 수 있으며
자신의 마음을 바로 볼 수 있습니다.

상처받은
마음에게

하루
한마디
위로

마음은 그림을 그리는 화가

허물을 짓고도 뉘우치지 않는 것은 잘못이다.
허물을 사과하고 용서를 비는데 받아 주지 않는 것도 잘못이다.
그러나 잘못을 하고 그것을 뉘우치는 것은 훌륭한 일이다.
잘못을 비는 사람을 용서하는 것은 더 훌륭한 일이다.
이들은 모두 현명한 사람이다.

『잡아함경』

이 세상에 태어나서 정말 고마웠던 분들에게 감사의 마음을 공책이나 도화지에 옮겨 보는 것은 어떨까요?

부모님께, 스승님께, 자식에게, 친지에게, 이웃에게, 소꿉친구에게, 법을 공부하는 도반에게, 제자에게….

그냥 말로만 할 것이 아니라 진심을 담아 고마운 마음을 글로 그림으로 표현해 보면 자연스레 행복해질 것입니다.

아직도 고마운 분들에게 인사를 못 했다면 지금 바로 사랑의 마음을 전하십시오. 내 생각이 그곳에 이르면 저절로 행복해질 것입니다.

살아 있다는 것만으로도 감사하고 행복한 일입니다.

감사하고 또 감사할 따름입니다.

마음은 그림을 잘 그리는 화가와도 같다고 표현합니다.

무엇이든 그릴 수 있고 쓸 수 있습니다. 자신만의 그림을 진심을
담아 그려 보기 바랍니다.

지금 이 순간의 삶을 감사와 기쁨으로 가득가득 채워 가십시오.

이 인연으로 생명 있는 존재들의 마음에 평화와 행복이 가득하기
를 진심으로 바랍니다.

나에게
가는 길입니다

지나간 일에 집착하지 않고 미래에 대해 근심하지 않는다.
현재에 얻어야 할 것만을 따라 바른 지혜로 최선을 다할 뿐
딴 생각을 하지 않는다.
미래를 향해 마음을 달리고 과거를 돌아보며 근심 걱정하는 것은
마치 우박이 초목을 때리는 듯 어리석음의 불로 스스로를 태우는 것이다.

「잡아함경」

　우리는 마음만 내면 무엇이든 다 할 수 있고 어디든 다 갈 수 있습니다. 그러나 정작 자기 자신을 알려고 하지 않으며 자신에게는 가려고도 하지 않습니다.

　지금 현재 이 순간 내가 무슨 생각을 하고 있는지.
　무슨 행위를 하고 있는지.
　진실로 자신을 위하는 삶을 살고 있는지.

지나간 일에 대해 절대로 미련 갖지 말아야 합니다. 미래가 불안정하다고 걱정할 필요도 없습니다. 이 모든 상황은 스스로 만들어 온 것이기 때문에 그 누구도 원망할 일이 아닙니다.

지금 이 순간에 최선을 다하십시오. 그것만이 모든 집착과 미래에 대한 불안을 놓을 수 있습니다. 지금에 집중하고 또 몰입해 들어가면 매 순간 온전한 삶이 창조될 것입니다.

행복을 미루지 마십시오

깃발을 보면 누가 가마에 타고 있는지 알 수 있고
산 너머 검은 연기를 보면 그곳에 불이 난 것을 알 수 있습니다.
또 정치인을 보면 그 나라의 형편을 알 수 있고
남편을 보면 그 사람의 아내를 알 수 있습니다.

『잡아함경』

누군가를 돕고 싶다면 아무 말 없이 무심으로 도와야 합니다. 선을 행하되 무심으로 행하면 진정한 복을 얻는다 했습니다. 또한 무심으로 행한 선은 악을 녹일 수 있는 힘도 있습니다.

말과 행동 하나하나를 자비심으로 바꾸는 순간, 더 큰 행복이 다가올 것이고, 조그마한 관심, 조그마한 배려로 사회는 사랑으로 넘쳐날 것입니다.

행복은 지금 여기 이 순간에 존재합니다. 오늘의 소중한 행복을 내일로 미루지 마십시오.

일운 스님의 속삭임 心·心·心

자신의 가치를 아는 사람

남을 가르치기 전에
자신이 무엇을 가르치는지 철저하게 알아야 한다.
가르치는 내용을 스스로 경험하지 않고는
다른 사람을 올바르게 가르칠 수 없다.
진흙 속에 빠진 사람은
진흙 속에 빠진 다른 사람을 꺼내지 못한다.

『중아함경』

나는 누구인가?
지금 나는 무엇을 하고 있는가?
나 자신의 가치와 잠재 능력을 잘 알고 있는가?

자신의 가치를 바로 아는 자는 흔들림 없는 인생을, 도덕적인 인생을 살고 있는 사람입니다. 자신의 가치를 알지 못하는 자들이 비도덕적인 행위를 하고 사회를 어지럽히고 가정의 평화를 무너뜨립니다.

남을 무시하고 천시하는 자는 진실로 자신의 가치를 모르는 사람입니다.

우리가 살아가면서 필요한 돈은 막힌 것을 뚫어 주고 꼬인 것을 풀리게 하고 어려운 사람들을 살리는 데 그 쓰임이 있습니다. 돈을 잘 쓰면 무한한 복을 얻고 잘못 쓰면 수많은 죄를 짓게 됩니다.

돈보다 더 소중한 것은 자신의 가치를 바로 알아서 모든 사람들에게 신뢰를 주는 것입니다. 생명을 존중하고 자기 자신의 본래 마음, 즉 주인공을 바로 알면 생명 있는 존재들을 저절로 존중하게 되고 진정한 자신의 가치를 발견하게 될 것입니다.

있는 그대로
받아들이기

옛날 어떤 어리석은 사람이 있었다.
그의 부인은 매우 아름다웠으나 코가 흉했다.
그는 밖에 나가 남의 부인의 얼굴이 아름답고
코도 매우 예쁜 것을 보고 생각하였다.
지금 저 코를 베어다 내 아내의 얼굴에 붙이면 얼마나 좋을까….
그리하여 그는 곧 남의 부인의 코를 베어 집으로 돌아와
급히 부인을 불렀다.
"당신 빨리 나오시오. 당신한테 좋은 코를 주리다."
부인이 나오자 그는 곧 부인의 코를 베어 내고 남의 코를 그 자리에 붙였다.
그러나 코는 붙지 않았다.
그는 부인에게 코를 잃어버리는 큰 고통을 주게 되었다.

『백유경』

어리석음의 극치를 잘 보여 주는 듯합니다.

나의 결점을 지적해 주고 잘못된 것을 가르쳐 주는 현명한 사람을 만나기란 쉽지 않습니다.

지혜로운 사람은 세상 만물을 있는 그대로 보고 그것을 응용하여 지혜롭게 감사한 마음으로 살아가고, 어리석은 사람은 자신의 생명을 의심하며 남을 탓하고 원망하고 미워하면서 살아갑니다.

현재 나의 모습은 내가 행한 행위의 결과입니다. 그것을 온전히 받아들였을 때 어리석은 행동은 하지 않을 것입니다.

있는 그대로의 삶을 온전히 받아들이길….

그리고 모든 것에 만족하고 사랑하고 행복하고 감사한 마음 가득하길 바랍니다.

마음의 주파수

만일 너의 과거를 알고 싶으면 현재의 너를 보라.
현재는 과거의 결과이기 때문이다.
너의 미래를 알고 싶으면 현재의 자신을 보라.
현재가 미래의 원인이기 때문이다.

『중아함경』

일운 스님의 속삭임 心·心·心

외형적인 것, 즉 좋은 집, 권력, 부, 사업, 기타 등등을 가졌다고 행복하다는 보장은 없습니다. 보통사람들은 외적인 것들이 행복을 가져다주리라 믿고 그것을 추구하지만 이러한 생각은 잘못된 사고입니다.

진정한 행복은 내면에서 나옵니다. 자신의 내면에 진정한 기쁨과 평화를 먼저 추구하면 외적으로 원하는 것들은 저절로 찾아올 것입니다.

외부는 생각이 결과로 나타난 것으로 결과의 차원입니다. 마음의 주파수를 행복에 맞추고 온 마음을 다해 기쁨과 감사에 집중하면 자신의 내면에 있는 진정한 힘을 발견하게 되고 그에 따라 외적인 풍요도 얻게 됩니다.

지금 이 순간 진실한 생각을 느끼는 것이 중요합니다. 마음은 내 인생을 만들어 내는 창조자이고 모든 것을 이루게 하는 통로입니다.

눈이 만들어 낸 세상

옛날 어느 후미진 곳에 낡은 집이 있었다.
거기에는 악귀가 있다는 소문이 나돌아
감히 그 집에 들어가 자려는 사람이 없었다.
어느 날 대담함을 자처하는 사람이 나타나
하룻밤을 자겠다고 큰소리치면서 그 집으로 들어갔다.
그런데 이 사람보다 더 대담하다고 자처하는 사람이
귀신이 있다는 소문을 듣고 역시 그 집을 찾아왔다.
먼저 들어가 있던 사람은
귀신이 온 줄만 알고 겁에 질려 문을 막고는 못 들어오게 했다.
그리고 들어가려고 하던 사람 역시
안에 있는 사람을 귀신으로 착각한 것은 말할 것도 없다.
두 사람은 정신없이 엎치락뒤치락 싸웠고 그 사이에 날이 밝았다.
그제야 겨우 상대가 귀신이 아니라는 사실을 알고
두 사람은 낯을 붉히며 황급히 그 자리를 떠났다.

『백유경』

눈에 보이는 현상세계는 모두 마음이 만들어 낸 것입니다. 잘못된 생각으로 세상을 보면 나쁜 세상으로 보이고 바른 마음을 가지고 세상을 보면 좋은 세상으로 보입니다.

모든 것은 자신이 존재함으로 생겨난 것임을 바로 아는 것이 중요합니다.

온갖 대상은 망령된 마음이 만들어 놓은 것이니 그릇되고 망령된 마음의 작용을 제거하면 대상은 곧 없어지고 오직 하나의 진실만이 눈앞에 존재하게 됩니다.

오지 않는 것을
바라지 마십시오

지나간 것을 쫓아가지 말라.
오지 않는 것을 바라지도 말라.
과거는 이미 지나가 버렸고 미래는 아직 오지 않았다.
그리고 지금 현재는 잘 관찰하면 순간순간 변해 가고 있다.
그러므로 지금 여기를 살도록 노력하지 않으면 안 된다.

『중부경전』

수행이란 자신의 잘못된 부분을 잘 다스려 거짓 '나'에서 벗어나고 참된 '나'를 깨닫기 위해 극기의 노력을 하는 것이며, 온갖 욕심과 번뇌에서 해방되기 위해 노력하는 행위입니다.

욕심과 번뇌에 갇혀 있을 때 진짜 나를 발견하지 못합니다.
세상의 주인은 진실한 나, 즉 마음입니다.
주인인 마음을 깨닫기 위해
매 순간 지금에 집중하는 것이 중요합니다.

바람의 모습은 볼 수 없습니다.
하지만 나뭇가지의 움직임으로 그 방향을 알 수 있습니다.

마음도 모습으로는 볼 수가 없습니다.
그러나 생각하고 말하고 행동하는 것을 통해서
마음을 볼 수 있고 알 수가 있습니다.

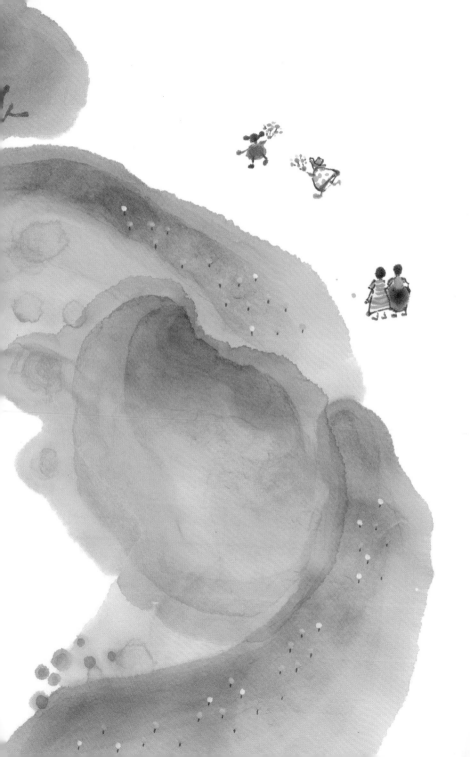

온전한 삶은
지금 이 순간밖에 없습니다

남의 착한 일은 드러내고 남의 허물은 숨겨 줄 것.
남의 부끄러운 점은 감추어 주고 남의 중요한 이야기는 옮기지 말 것.
나를 원망하더라도 항상 선한 마음으로 대하고,
나를 사랑하는 친구보다 나를 미워하는 친구의 괴로움을 더 아파할 것.
그리고 모든 이웃을 부모님처럼 생각할 것.

『우바새계경』

　　노여움 속에 있더라도 노여워하지 말고 분노 속에 있더라도 분노를 다스리고 걱정 속에 있을지라도 걱정하지 말고 욕심 속에 있더라도 욕심을 내려놓고 자기 것을 이웃과 함께 나눈다면 후회하지 않는 삶이 될 것입니다.

　　본래부터 내 것이란 없습니다.
　　단지 살아 있음에 의·식·주가 필요하고 가족, 이웃, 나라, 세계, 우주와 함께하고 있는 것입니다.

그것은 인연에 의해서 만난 것이고 인연이 다하면 자연히 헤어지는 것입니다. 그리고 눈에 보이는 현상은 매 순간 쉼 없이 변하고 있기 때문에 어떤 것도 내 것이라 할 것이 없습니다.

그래서 매 순간 최선을 다하라는 것입니다.
온전한 삶은 지금 이 순간밖에 없습니다.
지금이 지나면 이 순간의 시간은 다시 돌아오지 않습니다.

후회하지 않는 자신의 온전한 삶을 위해서 우리는 마음을 한곳에 집중하여야 합니다. 그래야만 자기 자신을 조절할 수 있습니다. 왜냐하면 마음이 모든 것을 이끌어 가는 주인이기 때문입니다.

어리석은 행위

옛날 한 스승이 큰 잔치를 베풀기 위해 제자에게 말하였다.

"질그릇을 구해 잔치에 쓰려고 한다. 지금 시장에 나가 옹기장이 한 사람을 품으로 사 오너라."

제자는 옹기장이 집으로 갔다.

그때 옹기장이는 질그릇을 나귀에 싣고 시장에 팔러 가다가 잠깐 사이에 나귀가 질그릇을 모두 부숴 버려 집에 돌아와 슬피 울면서 괴로워하고 있었다.

제자가 그에게 물었다.

"왜 그리 슬퍼하고 괴로워하십니까?"

옹기장이가 대답하였다.

"저는 온갖 방법으로 여러 해 동안 고생한 끝에 비로소 질그릇을 만들어 시장에 나가 팔려 하였습니다. 그런데 이 나쁜 나귀가 잠깐 사이에 질그릇을 모두 부숴 버렸습니다. 그래서 괴로워하는 것입니다."

제자는 그 말을 듣고 기뻐하면서 말하였다.

"이 나귀야말로 참으로 훌륭합니다. 오랫동안 만든 것을 잠깐 사이에 모두 부숴 버리다니…. 제가 이 나귀를 사겠습니다."

옹기장이는 기뻐하며 나귀를 팔았다.

제자가 나귀를 타고 집으로 돌아오자 스승이 물었다.

"옹기장이는 데려오지 않고 나귀만 데리고 와 무엇에 쓰려는가?"

제자가 대답하였다.

"이 나귀가 옹기장이보다 훌륭합니다. 옹기장이가 오랫동안 만든 질그릇을 이 나귀는 잠깐 사이에 모두 부숴 버렸습니다."

그때 스승은 말하였다.

"너는 참으로 미련하여 지혜가 없구나. 지금 이 나귀는 부수는 데는 뛰어나지만 백 년을 두어도 그릇 하나를 만들지 못할 것이다."

『백유경』에 나오는, 옹기장이 대신 나귀를 사 온 어리석은 제자의 이야기입니다. 소가 물을 마시면 우유를 만들어 세상 사람들을 이익하게 하지만 어리석은 행위는 모든 사람을 괴롭히고 스스로도 불행하게 합니다.

이름을 따라
행운이 오는 것이 아닙니다

스승님, 목숨 있는 이도 목숨 없는 이도 죽습니다.
보물지기도 보물지기 아닌 이도 가난할 수 있습니다.
길눈이 밝은 이도 밝지 않은 이도 길을 잃을 수 있습니다.
이름이란 하나의 부호에 불과합니다.
이름을 따라 행운이 오는 것이 아닙니다.
그가 어떤 일을 하느냐에 따라 행운이 오는 것입니다.

『본생경』

모든 것은 마음이 만들어 갑니다.

가고 오고 머무는 모든 일상이 지금 현재의 마음에서 떠나 있지 않습니다.

지금에 집중함으로 모든 괴로움과 외로움을 극복할 수 있으며 살아가는 삶 자체가 하나의 아름다움이 될 수 있습니다.

혼자이되 늘 생명 있는 존재들과 함께하며 세상과도 함께한다는 사실을 언제나 기억하기 바랍니다.

일운 스님의 속삭임 心·心·心

하찮은 것처럼 보인다 할지라도 그것이 다른 사람에게 이익 되는 일이라면 가벼이 여기지 말아야 합니다. 방울물이 모여 대해를 이루고 한 티끌이 모여 태산을 이루듯이 조그마한 선(善)이 모여서 아름다운 세상이 이루어집니다.

끊임없는 자비심으로 하나밖에 없는 소중한 삶을 더욱 가치 있게 만드십시오.

마음이 밝으면 캄캄한 밤에도 밝은 하늘을 볼 수 있고 마음이 어두우면 환한 대낮에도 어둠만 보일 따름입니다.

마음은
나이를 먹지 않습니다

마음은 솜씨 좋은 화가가 여러 오음(중생의 몸과 마음)을 그려 내듯이,
일체 세계의 모든 것들을 만들어 낸다.
마음과 같이 부처님도 그러하고 부처님과 같이 중생도 그러하다.
마음과 부처님과 중생 이 세 가지는 차이가 없다.

『화엄경』

진실한 법의 성품과 모양은 본래 공적하여 오지도 않고 가지도 않
으며 나오거나 들어가지도 않습니다. 바로 우리의 마음입니다.

마음은 나이를 먹거나 병이 들지 않습니다. 세상이 아무리 변해도
마음은 절대 변하지 않습니다. 그리고 마음은 잠시도 쉬지 않고 생
각을 일으킵니다.

일운 스님의 속삭임 心·心·心

좋은 생각을 일으키기도 하고 나쁜 생각을 일으키기도 합니다.

한순간에도 수천수만의 생각이 일어났다 사라졌다를 반복하며 우리를 기쁘게도 하고 괴롭히기도 합니다. 그래서 일상에서 집중된 생활을 한다는 것이 쉽지 않지만, 그렇다고 집중하지 않으면 마음은 어느새 망상으로 이어지고 망상으로 인해 마음은 고통과 근심과 걱정으로 가득 차게 됩니다.

하루에 십 분씩이라도 명상을 통해 마음을 안정시키고 평화롭게 해야만 집중된 일상을 만들어 갈 수 있으며, 그 집중된 일상 속에서 마음의 실상을 깨달을 수 있습니다.

비워야 건강합니다

우리의 마음은 갖가지 번뇌 망상으로 물들어 있어
마치 파도치는 물결과 같다.
물결이 출렁일 때는 우리의 얼굴이나 모습도 일렁이고 왜곡되어
제대로 보이지 않는다.
그러나 물결이 고요해지면 모든 것이 제 모습을 나타낸다.
저 연못이 바람 한 점 없이 고요하고 맑으면 물밑까지 훤히 보이는 것처럼.

『화엄경』

일운 스님의 속삭임 心·心·心

집에 불이 나면 물로써 불을 꺼야 하고

마음이 어지러우면 생각을 멈추어야 비로소 고요해집니다.

신체의 건강은 모두 다 마음에서 나옵니다.

건강 화두는 비움입니다.

몸도 마음도 진실로 비우면 건강해집니다.

특히 마음을 비워야

몸도 따라서 비워진다는 사실을 기억하십시오.

진정한 은둔

사람들로부터 멀리 떨어져서
홀로 숲속에 사는 것이 은둔이 아니다.
진정한 은둔이란
좋고 싫음의 분별로부터
자유로워지는 것이다.

『반야경』

생각을 쉬고 마음을 쉬는 것은 삶을 충전하는 것입니다.

어떤 이가 "화내는 얼굴은 아는 얼굴이라도 낯설고 웃는 얼굴은 모르는 얼굴이라도 낯설지 않다. 찡그린 얼굴은 예쁜 얼굴이라도 보기 싫고 웃는 얼굴은 미운 얼굴이라도 예쁘다."라고 했듯 매 순간 분노나 욕심을 다스리지 아니 하면 결코 아름다운 모습을 갖출 수 없습니다.

값진 성과는 한 걸음 한 걸음 힘차고 충실할 때 나타납니다.

성공한 사람보다 가치 있는 사람은 훌륭한 사람입니다.
오래 살기 위해서가 아니라 바르게 살기 위해서 노력해야 합니다.

나타난 것은 사라집니다

사람들은 욕망에 따라 명성과 명예를 구하지만
그것들을 얻었을 때는 이미 몸이 늙어 버린 후이다.
세상의 명성을 좇고 도를 배우지 않으면 의미 없이 몸만 수고롭게 된다.
비유하면 타는 향나무와 같다.
비록 사람들이 향을 맡지만, 향이 다 타고 나면 나무는 사라지고 만다.

『사십이장경』

좋은 일은 문밖으로 나가지 않지만 나쁜 일은 천리까지 퍼져 나갑니다. 언제나 자신의 마음을 살피고 행동을 조심하여 늘 평화롭고 고요하며 어떠한 경계에도 흔들림이 없어야 합니다.

세상일은 잠시도 쉬지 않고 변합니다. 좋은 일 나쁜 일을 가리지 않고 그것을 긍정적으로 받아들이고 지혜롭게 판단하는 것이 중요합니다.

일운 스님의 속삭임 心心心

인연에 의해 생겨난 모든 일은 인연에 의해 반드시 사라집니다. 그래서 세상일은 그 어떠한 것도 영원하지 않기에 집착할 것이 없습니다.

세상의 참주인은 바로 진실한 마음입니다. 그 진실한 마음이 이 세상의 모든 것을 창조해 내고 있으며 우리의 인생도 매 순간 멋지게 창조하고 있습니다.

매 순간에 집중하십시오.

인정받기를 바라기 전에

진실한 말은 감로수와 같아서 모든 사람을 이롭게 한다.
그러나 거짓말은 독약과 같아서 자신을 해칠 뿐만 아니라
남도 해쳐서 편할 날이 없게 한다.

『묘법성염처경』

하루를 어떻게 사느냐에 따라 삶의 결과가 달라지듯이 거짓 행위를 버리고 진실한 말만 하면 사람들은 그 사람의 언행을 모두 믿게 될 것입니다.

다른 사람이 나를 인정해 주기를 바라기 전에 나의 행위가 바른지 거짓은 없는지 살펴볼 일입니다.

다른 사람은 다 속일 수 있어도 자신의 양심은 절대로 속이지 못하는 것처럼, 매 순간 지금 여기에 집중하고 또 집중하는 것이 과거를 놓을 수 있고 망상을 쉴 수 있다는 사실을 기억하기 바랍니다.

모든 것은 쉼 없이 변하고 있습니다.
어떠한 것도 우리를 기다려 주지 않습니다.
시간도, 공간도, 물질도, 내일의 일도, 그 어떠한 것도 알지 못하고 사는 삶이기에 인생은 무상하고 허망하다 하였습니다.

지금에 최선을 다하여 매 순간 집중하고 후회하지 않는 삶을 사는 것이 지혜로운 삶입니다.

주인공으로 살기

탐욕은 물에 비친 달과 같다.
물이 움직이면 달이 움직이듯,
마음이 생기면 사물이 생기게 마련이다.
탐욕스러운 마음도 이와 마찬가지여서
잠시도 머무르지 않고 일어났다가 없어지기를 반복한다.

『육바라밀경』

인연으로 살고 있는 이번 세상,
소중하고 귀중한 인연을 더 값진 인연으로 만들어 갈 책임은
자신에게 있습니다.

행복한 삶은
부정적인 감정에서 해방되는 데 있습니다.

진리의 삶이란
물질만이 전부라는 가치관을 바꾸는 것이 아닐는지요.

내가 이 세상의 주인이 되어야
주인 역할을 할 수 있습니다.

왜냐하면 세상의 중심에
'나' 라는 존재가 주인으로 살고 있으니까요.

상처받은 마음에게

지혜로운 자와
어리석은 자의 재물 사용

한 장자가 있었다. 그의 집은 매우 부유해서 재산을 헤아릴 수 없을 정도였다. 오랜 기간 부지런히 재산을 모았고, 또 선행을 하였으므로 주위에 명성이 자자했다.

장자는 재산을 넷으로 나누어 하나는 이자를 늘려 가업을 풍족하게 했고, 하나는 생활에 필요한 물건을 공급했고, 하나는 부모가 없는 아이나 의지할 곳이 없는 노인에게 주어 내세의 복을 닦았고, 하나는 친척과 오가는 나그네를 구제하기를 대를 이어가면서 가업으로 삼았다.

지혜로운 자는 재물을 모으면 자신을 위해서 쓰기도 하고 필요한 사람에게 나눠 주기도 한다. 그러나 어리석은 자는 재물을 모아서 자기를 위해서 쓸 줄도 모르고 남에게 나누어 줄 줄도 모른다.

『대승본생심지관경』

한 생각이 밝으면 온 세상이 밝아지고, 한 생각이 어두우면 온 세상이 어두울 것입니다.

자신을 위해서는 검소하고, 남을 위해서는 공경하고 사랑하며 베푸는 따뜻한 마음으로 매 순간 집중해 간다면 자신도 행복하고 세상도 평화로워질 것입니다.

지금 함께하고 있는 생명 있는 모든 존재들을 지극한 마음으로 공경합니다. 그리고 사랑합니다. 이 감사한 인연으로 온 세상이 행복과 평화로움으로 넘쳐나길 바랍니다.

인생에
중요한
일곱 가지 기운

어떤 이가 바다를 건너다가 가지고 있던 구슬을 빠뜨렸다.
그는 바가지로 바닷물을 퍼내기 시작했다.
이를 본 바다의 신이 말했다.
"어느 시간에 이 물을 다 퍼내겠느냐?"
남자가 말했다.
"내 목숨이 끝나고 또 태어나더라도 멈추지 않겠소."
남자의 뜻을 꿰뚫은 신이 바다의 구슬을 내주었다.

『삼매경』

사람에게는 중요한 일곱 가지 기운이 있다고 합니다.

눈에는 총기, 얼굴에는 화기, 마음에는 열기, 몸에는 향기, 행동에는 용기, 어려울 때는 끈기, 자존심이 꺾일 때는 오기가 그것입니다.

그런데 일곱 가지 기운 가운데 오기는 하심으로 낮춰 행할 때 사람들로부터 더 존경을 받지 않을까 싶습니다.

진정한 기도와 진정한 수행은 말에 있지 않습니다.

평화롭고 고요한 마음으로 자신을 믿고 실천하는 것이 중요합니다.

마음이 열리고 의식이 깨어 있는 사람만이 자비의 가르침으로 자신을 다스릴 수 있을 것이며 세상 사람들에게 모범이 될 것입니다.

망상에는
고통이 따릅니다

그대는 눈을 바르게 가질 것이며
그대는 귀를 바르게 가질 것이며
그대는 코를 바르게 가질 것이며
그대는 입을 바르게 가질 것이며
그대는 몸을 바르게 가질 것이며
그대는 마음을 바르게 가질지니라.

『징행경』

저는 늘 주장합니다.

지금 이 순간을 살아야 한다고 말입니다.

지금 이 순간 여러분들은

눈이 청정하고

귀가 청정하고

코가 청정하고

입이 청정하고

생각이 청정하고

마음이 청정합니까?

지금 이 순간의 행위가 삶의 전부를 만들어 갑니다.

좋으면 좋은 대로 나쁘면 나쁜 대로, 지금이 없는 내일은 존재하지 않습니다. 지금 행복하고 감사한 마음으로 살아가십시오.

어떠한 일이건 이미 지나간 일을 가지고 마음에 갈등을 일으키고 스스로 고통을 만들어 고뇌하는 것보다 어리석은 일은 없습니다. 지나간 것은 지나가게 하고 오지 아니 한 일은 미리 걱정할 일이 아닙니다.

지금 일으키는 한 생각이 자신의 모든 행위를 만들어 가기 때문에 일념을 화두에 집중해 가기 바랍니다. 망상(쓸데없는 생각)은 늘 고통이 따르고 화두나 염불은 염념이 공덕이 쌓입니다.

시간은
누구에게나
공평합니다

온갖 사물은 시시각각으로 변한다.
한순간도 머물지 않는다.
그것은 마치 꽃잎에 맺힌 이슬과 같고
쏜살같이 흘러내리는 물과도 같으며
푸석푸석한 모래로 쌓아 올린 담과 같다.
그러니 지혜 있는 사람이
어떻게 애착을 일으키겠는가.

『보문경』

일운 스님의 속삭임 心·心·心

우리에게 주어진 시간은 누구에게나 공평하고 평등합니다.
좋은 감정으로도 하루, 나쁜 감정으로도 하루입니다.

어차피 우리에게 주어진 똑같은 시간이라면 불평 대신 감사의 마음을, 불만 대신 만족의 마음을, 원망 대신 기쁨의 마음을 가져야 합니다.

좋은 생각은 나를 행복하게 하고 나쁜 생각은 나를 불행하게 합니다. 자신의 마음은 자신이 바꿀 수밖에 없다는 사실도 기억하기 바랍니다.

성공의 열쇠

마음과 말이 함께 어울리고 믿음 있게 행하여 하나가 된다면,
이때의 청정한 자기 성품이 바로 사람이 본래부터 가지고 있는 부처이다.
자기 성품을 떠나 따로 부처란 있을 수 없다.

『법보단경』

성공의 문을 여는 열쇠는 바로 마음에 있습니다.

부처님께서는 생명 있는 모든 존재는 마음을 깨달으면 부처가 될
수 있다고 하셨고, 또 그것은 누구든지 가능하다고 하셨습니다. 이
얼마나 희망적이고 가능성 있는 메시지입니까.

마음은 신비로울 만큼 무한한 힘을 지니고 있습니다.

생각이 모든 것을 만들어 가기 때문에 자신의 마음에 의식적으로
멋진 주문을 해야 합니다. 주문을 하면 주문한 대로 반드시 이루어
지게 됩니다.

"나는 언제나 완전히 행복하고 건강하며 젊고 청정하다. 그리고 지혜롭고 자비로워서 무슨 일이든 해낼 수 있다. 그리고 반드시 마음의 실체를 깨달아서 부처가 될 것이다."라고 집중해서 발원을 해야 합니다.

간절한 믿음을 가지고 올바른 말과 올바른 행위를 하면 원하는 것이 무엇이든 보이지 않는 차원에서 보이는 현실로 바로 나타나게 될 것입니다.

성공의 문을 여는 열쇠는 자신에게 있습니다.

이치가 명확할 때
행동하십시오

유리하다고 교만하지 말고 불리하다고 비굴하지 말라.

무엇을 들었다고 쉽게 행동하지 말고

그것이 사실인지 깊이 생각하여 이치가 명확할 때 과감히 행동하라.

벙어리처럼 침묵하고 임금처럼 말하며 눈처럼 냉정하고 불처럼 뜨거워라.

태산 같은 자부심을 갖고 누운 풀처럼 자기를 낮추어라.

역경을 참아 이겨내고 형편이 잘 풀릴 때를 조심하라.

재물을 오물처럼 볼 줄도 알고 터지는 분노를 잘 다스려라.

때로는 마음껏 풍류를 즐기고 사슴처럼 두려워할 줄 알고

호랑이처럼 무섭고 사나워라.

이것이 지혜로운 이의 삶이니라.

『법보장경』

가지지 못한 것에 대한 집착과 원망은
인생에 조금도 도움이 되지 않습니다.
그러나 가진 것에 만족하고 할 수 있는 것에 집중해 간다면
삶이 아름다움으로 변할 것입니다.

지나간 것은
지나가게 하십시오

우리의 마음에는 본래 부처가 있으니
자기 성품 가운데의 부처가 진정한 부처이다.
만약 자기에게 불심이 없으면 어디에서 진정한 부처를 구한단 말인가?
자기의 진실한 마음은 곧 부처니 더 이상 의심하지 말라.
마음 밖에서 구할 수 있는 물건은 결코 없으며
만사만물은 모두 자기 마음에서 변하여 생기는 것이다.

『법보단경』

이 세상에는 좋고 나쁜 것이 따로 있지 않습니다. 다만 서로 다른 것이 있을 뿐입니다.

지난날의 어려움을 가지고 계속 근심하고 걱정하면 지금 내 삶은 더욱 어려워질 것입니다. 이미 지나간 일은 그 어떤 일이라도 다 놓아 버려야 합니다. 지나간 것은 지나가게 하고 오지 아니 한 것은 미리 걱정할 것이 없습니다.

누군가에 의해 잘못된 것이 아니라 나로 인해 그러한 결과가 나온 것이라 생각하고 지금에 집중하는 습관을 기르는 것이 필요합니다.

일운 스님의 속삭임 心 心 心

모든 것은 지금 한 생각, 즉 마음에 달려 있습니다. 지금이 없는 어제와 내일은 결코 없습니다. 행복한 삶을 창조하기 위해 여러분들의 꿈과 비전(vision)에 집중하십시오.

우주의 진리는 우리와 매 순간 연결되어 있다는 것을 알고 매 순간에 오직 만족과 감사함을 느껴 보기 바랍니다.

생각 생각이 보리심

어리석은 범부는 자기의 성품을 깨우치지 못하고
마음속에 정토가 있다는 것을 알지 못한다.
그래서 서방에서 태어날 것인가 혹은 동방에서 태어날 것인가 공상만 하고 있다.
하지만 깨달은 사람은 어디에 있든지 모두 정토이다.

『법보단경』

불교에서 주장하는 행복은 '먼 미래에 무엇이 될 것이다, 무엇을 얻을 것이다.'가 아니라 지금 여기에서의 행복입니다. 마음이 지금 이 순간 행복하면 어디에 있든 그 자리는 행복한 자리가 됩니다.

지금

여기에

행복하십니까?

욕망으로 얻어진 행복이 아닌 욕망의 실상을 바로 깨달아야 얻을 수 있는 진실한 행복, 그 행복을 실현할 수 있어야 비로소 행복하다 할 것입니다.

정토는 마음에서 실현 가능한 것입니다.

마음이 진실로 행복할 때 우리가 사는 이 땅에 정토는 비로소 이루어집니다.

"염념보리심念念菩提心 처처안락국處處安樂國"이란 말이 있습니다.

생각 생각이 보리심을 발하면 머무는 곳마다 안락한 정토가 된다는 뜻입니다.

여러분만의 아름다운 정토를 실현하기 바랍니다.

세상을 알려면
자신을 알아야 합니다

불법은 세간에 있고
세간을 벗어나서 깨달음이 있지 않으니
세간을 떠나서 보리를 찾는 것은
토끼의 뿔을 찾으려 하는 것과 같도다.

『법보단경』

　　세상을 알려면 먼저 자신을 알기 위해 노력하여야 하고, 자신을
알아야 비로소 세상을 알게 되고 일상에서 자유로움을 얻을 수 있
습니다.

　　마음은 변하지 않는 금강석과 같습니다.
　　눈에 보이는 현상세계, 쉼 없이 변하고 생겨난 것은 결국 없어지
만 본래 마음은 변하거나 없어지지 않습니다.

　　자유로운 사람이란, 시간이나 공간에 매이지 않고 재물이나 욕망
에서 자유로우며 자신을 아는 사람입니다.

지금 불영지 주변에는 예쁜 꽃무릇이 하나 둘 피기 시작했습니다.

지난봄에 많이 심었기 때문에 무리지어 피면 정말 예쁠 것입니다.

우리 영지에는 여전히 백련, 홍련, 노랑어리연꽃이 장관을 이루고 있어 아직도 불영사를 찾는 사람들에게 효도를 하고 있습니다.

지금 밖에는 가을비가 조용히 내리고 있습니다.

며칠 동안 많이 가물어서 비를 기다렸는데….

분별하면   애착이   생깁니다

일운 스님의 속삭임 心·心·心

일상에서 어떠한 물건에 애착이 생기면 좋고 나쁨을 가리게 되고
좋고 나쁨을 가리게 되면 더욱더 애착하게 됩니다.
애착으로부터 자기 자신을 잘 다스려 욕심에 물들지 않도록 해야 합니다.
욕심은 고통을 만들고 고통은 원한과 원망을 만들기 때문입니다.

청정한 행위는 모든 생명을 사랑하는 것이며
연민히 여기는 것이며
축복하는 것이며
생명에 대한 애착심을 버리는 것입니다.

오지 않은 미래를
걱정하지 마십시오

마음 마음 마음이여 알 수 없구나.
너그러울 때에는 온 세상을 다 받아들일 듯이 하다가도
한번 옹졸해지면 바늘 하나 꽂을 자리도 없으니.

『달마어록』

본래 참마음은 너그러운 것도 옹졸한 것도 아닙니다. 다만 의식이 너그럽기도 옹졸하기도 한 것입니다.

매 순간 눈에 보이는 현상을 따라 생각을 일으켜 끊임없이 분별하고 자신의 생각대로 판단하기 때문에 그와 같은 마음을 내는 것입니다. 그러나 지혜로운 사람은 있는 그대로 봅니다. 어리석은 이는 자기식대로 왜곡해서 보기 때문에 많은 갈등과 잡념이 생기는 것입니다.

현대인에게 흔한 병 중의 하나가 스트레스입니다. 스트레스는 잡념이 원인이 됩니다.

우리가 많이 하는 생각 중 하나가 오지 않은 미래를 염려하고 걱정하는 것입니다. 마음이 현재에 집중되어 있지 않기 때문에 미래에 대한 염려 그리고 두려움과 불안으로 긴장하는 것입니다.

부정적인 생각으로 자신을 차단하면 불안과 갈등으로 하루하루가 고통스럽습니다. 스트레스를 막는 방법은 긍정적인 생각으로 지금 있는 그대로에 집중하는 것입니다. 내일의 일은 내일 처리하고 최선을 다하면 됩니다. 일어나지도 않은 일로 미리 불안해하고 긴장할 필요가 없습니다.

지금 여기에 있는 그대로를 받아들이고 집중하십시오.
이 시간이 지나면 지금 이 시간은 다시 돌아오지 않습니다.

마음이 편안한 자리가
행복한 자리입니다

옳고 그름 다 떠났다.
산은 산이고 물은 물, 스스로 한가하다.
누가 극락이 어디냐 묻나.
번뇌 끊어지면 마음자리 오롯한 것을.

『임제어록』

본래 지고지순한 마음은 옳은 것도 그른 것도 아닙니다.

번뇌와 망상이 끊어진 자리가 바로 극락의 자리라고 표현하고 있습니다.

모든 것은 자신의 마음에서 나옵니다. 마음이 고요하지 않으면 일체가 어지럽고 혼란하며, 마음이 고요하면 세상이 조용하고 편안할 것입니다.

마음이 편안하면 어디에 있든 그 자리가 편안하고 행복한 자리라는 뜻입니다. 또한 정서가 건강하고 긍정적인 사람에게는 어떠한 질병도, 마음의 고통도, 원망도 미움도 생기지 아니 할 것입니다.

세상에 영원한 것은 아무것도 없습니다.

모든 것은 지나갈 것입니다.

좋은 일도 나쁜 일도….

지금 일념에 집중하면 그 자리가 바로 최고의 자리입니다.

지금 이 순간이 없는 내일은 존재하지 않습니다.

아름다운 내일을 위하여 지금 이 순간에 집중하십시오.

보는 대로 보입니다

대나무 그림자로 섬돌을 쓸지만
티끌 하나 움직이지 않고
달빛이 우물 바닥까지 꿰뚫지만
물속에는 아무 흔적이 없네.

〈야부 선사의 게송〉

가식이나 꾸밈이 없는 본래 청정한 마음에 무슨 번뇌 망상이 있고 근심 걱정이 있겠습니까?

마음을 비운 사람에게는 세상을 바라보는 마음이 달라지고 세상을 바라보는 눈도 달라지고 자신의 내면 세계도 신비롭게 느껴질 것입니다.

바람만 불어도, 흘러가는 물과 산만 바라보아도 느낌이 달라지고 자신의 온전한 마음을 알게 될 것이며, 일체 만물이 내 안에서 나온 것임을 바로 발견하게 될 것입니다. 그리고 너와 내가 둘이 아님을 알면 모든 시비, 분별에서 자유로울 것입니다.

대쪽 같은 소견으로 세상을 보면 세상이 대쪽 같아 보이고 무한대의 시각으로 세상을 보면 무한대의 세상을 보게 될 것입니다.

삼라만상의 경계가 내 마음에서 나온 것임을 알아야 자신의 본질적인 불변의 마음을 발견하게 될 것이며, 진정한 행복을 비로소 얻게 될 것입니다.

고통의 짐

고요한 밤 산당에 말없이 앉았으니
고요하고 고요함이 본래 그대로다.
무슨 일이 있어 서풍이 숲을 움직이나
찬 기러기 나는 외마디 소리 장천에 울리네.

〈야부 선사의 계송〉

마음이란 본래 자성이 없어서 대립도 없고 분별도 없습니다. 다만 사람들이 의식해서 분별하고 대립할 뿐입니다. 그래서 기뻐하기도 하고 슬퍼하기도 합니다.

옛 도인은 눈앞에 있는 진리를 바로 보게 하기 위해 중생에게 많은 방편을 보이셨습니다. 예를 든다면, 도를 묻는 자리에서 "도가 무엇입니까?"라고 묻자 "평상심이 도다."라고 마조 도일 선사는 답합니다.

이와 같이 일상을 떠나서는 도(마음 진리)가 따로 없다는 뜻입니다. 『금강경』에 송을 단 야부 선사께서도 "밥이 오면 밥을 먹고, 잠이 오면 잠을 자라."고 하셨듯이 일상에서 일어나고 앉고 서고 잠자고 밥 먹고 일하는 주인공이 바로 마음임을 제시하고 있습니다.

어느 한순간도 자신의 마음을 떠나 있지 않기에 그 마음을 깨달은 자를 부처님이라 하고 도인이라 합니다. 생명이 있는 모든 존재는 누구나 깨달음을 얻을 수 있다고 부처님께서도 말씀하셨습니다.

모든 고통은 무거운 짐을 내려놓지 못하는 데서 생기고 더 큰 고통은 집착에서 생깁니다. 집착은 고통의 근원을 알지 못하는 데서 옵니다.

지금 이 순간의 행위가 미래를 만들어 갑니다.
어디에도 걸림 없는 자유로운 삶이 나를 행복하게 할 것입니다.
매 순간 집착하지 않고 욕심 없고 걸림 없는 행위로 행복한 삶을 창조해 내기를 기대합니다.

삼일 수행이
천년의 보배

마음자리는 본래 한 물건도 없다고 했는데
어디에 옳고 그름이 있겠습니까?
승속을 막론하고 마음자리를 알지 못하면
보고 있어도 보는 것이 아니요
듣고 있어도 듣는 것이 아니라 했습니다.

절대 평등한 자리에서 사물을 보지 못하면
고통은 늘 따라다닐 것입니다.

불영사에서는 매년 해제일을 기해
스님들과 3일 선명상 수행을 하고 있습니다.
원효 대사께서 "3일 수심은 천재보[三日修心 千載寶]"라고 하셨는데
'3일 동안 수행한 마음은
천년 동안 쓸 보배를 얻는다.'
라는 뜻입니다.

일운 스님의 속삭임 心·心·心

산은 높고 물은 깊어라.
해는 나고 달은 진다.
누가 스님이다 속인이다 말하는가.
승속을 떠나 자세히 살펴보면
육육은 본래 삼십육이니라. 쯧.

〈야부 선사의 게송〉

지혜를 실천하는 사람

선각자는 지혜로운 의사와 같다.
증상에 따라 약을 주어 우리의 마음병을 낫게 하기 때문이다.
선각자는 뱃사공과 같다.
이 생사의 바다에서 우리를 저 언덕으로 건네주기 때문이다.

『열반경』

　세상에는 아름다운 향기를 가진 수많은 꽃과 아름다운 빛이 있습니다. 그중에서 가장 아름다운 꽃과 빛은 무엇일까요? 저는 지혜를 실천하는 사람이라고 생각합니다.

　진리를 아는 것도 중요하고 지식도 중요하지만 실천하지 않으면 감동이 없습니다. 실천하는 사람은 스스로 매 순간 자신감이 충만해 있을 것입니다. 세상 사람들은 이런 사람의 빛을 따라 어둠을 몰아내고 어리석음을 없앱니다. 그런 사람이 많은 사회가 아름다운 사회입니다.

지혜롭고 현명한 지금 이 순간의 행동이 자신의 미래를 결정합니다. 지금 이 순간의 나의 모든 생각과 말과 행위로 인해 내 인생의 미래가 만들어집니다.

존재를 인식하는 명상

묵은 데에서 새순이 나고 새 꽃은 새 가지에서 자라며
비는 나그네의 길을 재촉하고 바람은 조각배를 돌아가게 하네.
대나무 빽빽해도 물 흘러감을 방해하지 않고
산이 높다 한들 흰 구름 흘러감을 어찌 막으리.

〈야부 선사의 계송〉

　일체를 긍정적인 마음으로 받아들이고 삶을 경이로움과 아름다움으로 만들어 간다면 삶은 매 순간 축복 속에서 환희로움으로 가득할 것입니다.

　명상을 하는 것은 마음 챙김만을 위한 것이 아니라 친절함과 자비함 그리고 자신의 존재를 인식하기 위함입니다.

　자비함과 너와 내가 둘이 아닌 동체대비의 마음으로 타인을 너그럽게 용서하고 공경할 때 자신의 삶은 더욱 빛날 것입니다.

일운 스님의 속삭임 心心心

눈에 보이는 현상세계는 쉼 없이 변합니다.
그러나 이 세상에서 변하지 않는 것이 하나가 있습니다.

그것은 바로
순수한 마음입니다.

시작이 없는데
끝이 있겠습니까?

천겁을 지나도 옛 아니요
만년을 나아가도 지금이라.
바다와 산이 서로 바뀌었는데
풍운의 변태를 얼마나 보았나.

〈함허 선사의 게송〉

우주의 진리는 본래부터 시작이 없는데 어디에 끝이 있을 것이며, 변하고 바뀌는 것이 본래 없는데 무엇을 변했다 하고 바뀌었다 하겠습니까? 한 생각 돌이키면 지금 이 순간 모든 것이 자신의 마음인 것을….

어떠한 것도 내 것이라 할 것이 없는데 누구를 미워하고 원망할 것이며, 한 생각 멈추면 모든 것을 놓을 수 있는데 무엇을 시비하고 투쟁하겠습니까?

욕심도 분노도 시기도 질투도 내려놓으면 마음이 태평해집니다. 마음이 편안해야 지혜로울 수 있습니다.

일운 스님의 속삭임 心·心·心

부처님께서도 "인생은 무상하다."고 하셨습니다. 어떠한 것도 영원하거나 진실하지 않다는 뜻입니다.

가는 세월 잡을 수 없고 오는 세월 누가 막을 수 있겠습니까? 이미 지나간 시간이 다시 돌아오지 않음을 너무 잘 알기에 집착을 놓을 수 있습니다.

지금 이 순간만이 존재함을 잘 알기에 매 순간 집중하고 또 집중하는 것밖에 없습니다. 지금이 없는 어제와 지금이 없는 내일은 존재하지 않습니다. 그리고 지금 이 순간의 나의 모든 행위는 미래의 내 모습입니다.

세상이
나를 바쁘게 하는지

마음이
나를 바쁘게 하는지

혼미한 구름 한 번 일매 본성의 허공 어둡고
지혜의 햇빛 잠길 때 만상은 흐려진다.
홀연히 맑은 바람을 만나 구름 흩어지면
온갖 빛깔을 머금은 허공 천지에 비추네.

〈영가 선사의 게송〉

큰 진리는 변하는 것이 아니어서 어디에도 걸림이 없고 막힘이 없는 도리입니다.

그 도는 바로 본래 마음입니다.

일상에서 어떠한 마음으로 사는가에 따라 자신의 삶이 유유자적할 수도 있고 그렇지 않을 수도 있습니다. 누구에게나 똑같이 주어진 시간을 어떤 마음가짐으로 응용하느냐에 따라 자신의 삶이 달라지기 때문입니다.

정작 종일 무엇을 하며 사는지도 모르고, 바쁘다는 핑계로 하루 해를 보내기도 합니다. 바쁘다는 것이 마음이 바쁜 것인지 세상이 나를 바쁘게 하는 것인지 살펴볼 일입니다.

다만 마음이 바쁘지 않고 끊임없이 일어나는 생각을 쉴 수만 있다면, 매 순간의 삶이 환희로 바뀌게 될 것입니다. 어떤 일을 하든 무슨 일을 하든 경계에 끄달림 없이 자유로울 것이며, 또한 매 순간의 삶이 감사와 행복으로 충만할 것입니다.

번뇌와 망상이 많다는 것은 모든 사물에 분별하고 사량함이 많다는 뜻입니다. 잠깐만이라도 생각을 멈추고 마음을 집중해 보기 바랍니다. 그리고 자신의 하루를 귀하게 만들어 가십시오.

어젯밤부터 천둥 번개를 동반하여 그렇게도 기다리던 비가 많이 내렸습니다. 온 대지는 기쁨으로 충만하고 3일 수행 중 울력해서 심은 김장 배추에도 좋은 약이 되고 있습니다. 그리고 논에도 들에도 밭에도 참으로 좋은 감로수가 되는 것 같습니다.

지금 불영은 조용히 비가 내리고 천축산 골마다 낮은 구름이 산마루에 걸려 물안개 피어오르는 신비로운 아침입니다.

일운 스님의 속삭임 心心心

괴로움도
외로움도 없습니다

진리를 좋아하고 실천하는 사람에게는
괴로움과 외로움이 존재하지 않습니다.

왜냐하면 자신의 마음을 잘 다스려
언제나 안정되고 선과 악에 흔들림이 없으며
말을 조심하고 행동을 조심하기 때문입니다.

다른 사람의 허물을
말하지 마십시오

다른 사람의 허물을 함부로 말하지 말라.
언젠가는 반드시 내게로 되돌아와 나를 손상시킬 것이다.
만일 다른 사람을 비방하는 소리를 듣거든
마치 나의 부모를 헐뜯는 것처럼 여겨라.

『자경문』

『자경문』에 "오늘 아침에는 비록 다른 사람의 허물을 말했지만 내일은 반드시 나의 허물을 말할 줄 알아라. 그러나 무릇 있는 바의 상이 허망한 것이니, 비방하고 칭찬함에 무엇을 근심하고 무엇을 기뻐할 것인가?"라는 구절이 있습니다.

직접 보고 듣지 아니 한 것을 직접 보고 들은 것처럼 이야기하여 다른 사람의 마음에 상처를 입히게 되면 언젠가는 나에게 그 허물이 돌아온다는 말씀입니다. 훌륭한 교훈이 아닐 수 없습니다.

지금 이 순간의 생각과 말과 행동은 미래 내 인생의 결과가 되기 때문에 조심하고 또 조심해야 합니다. 마음이 진실하고 청정함은 자신을 더욱 행복한 삶으로 이끌 것입니다.

몸과 입과 뜻이 청정하면 탐심, 분노심, 어리석음이 소멸된다고 경전에서 말씀하셨습니다. 수행을 위하여 몸과 마음을 삼보에 의지하여 아집을 줄이고 자신을 내려놓는 데 집중하여야 합니다.

수행할 때 말과 행동을 바꾸는 것이 아니라 자신이 생각하는 바를 바꾸는 것에 주안점을 두어야 합니다. 미래는 이 세상의 희망입니다.

거울 앞에서는
멀고 가까움이 없습니다

평등한 성품에는 너와 내가 없고
크고 둥근 거울 앞에서는 멀고 가까움이 없다.

「자경문」

마음은 일체가 평등하여 차별이 없지만 스스로가 생각을 일으켜 분별을 낳고 높고 낮음을 정하여 시비를 합니다.

사람들마다 지은 바 생각이 다르고 행위가 달라서 다르게 나타날 뿐이지, 본래부터 높고 낮고 귀하고 천하고 잘 살고 못 사는 것이 아닙니다.

지금 나의 모습이 가장 중요합니다.

지금 무슨 생각을 하고 있는지

또는 무슨 행위를 하고 있는지를 살펴볼 일입니다.

왜냐하면 지금 내가 생각하고 행동하는 것이

내일의 내 인생을 만들어 가기 때문입니다.

자신감을 갖고 긍정적인 마음으로
멋진 시간 멋진 하루 만들어 가십시오.

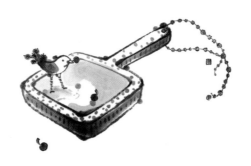

마음이 청정하면
세상이 청정합니다

부처를 생각하지도 않고
마음을 잡아 두지도 않으며
마음을 보지도 않고
헤아리지도 않으며
사유하지도 않고
관행하지도 않으며
산란하지도 않고
바로 임운(스스로 그러함에 맡김)하여
가지도 않게 하고
머무르지도 않게 하여 홀로 청정하면
구경처인 마음은 더욱 맑고 청정해진다.

『간화정로』

부처님께서는 "염불심이 부처요, 망념이 범부다."라고 말씀하셨습니다.

일상에서 항시 염불에 집중한다는 것은 쉽지 않습니다. 그러나 '나'라는 존재를 떠나서는 내 인생도 존재하지 않기에 늘 일상에서 일념에 집중되도록 노력해야 합니다.

앉으나, 서나, 일을 할 때나, 길을 갈 때나, 사람을 만날 때나, 운전할 때나, 잠자기 전이나, 깨어난 후, 세수하고 양치질할 때도 항시 염불에 집중해 보기 바랍니다.

　마음을 통해서 보고 듣고 손발을 움직입니다.

　그러나 우리는 흔히 보는 것과 듣는 것만 가지고 모든 것을 판단합니다.

　단지 눈은 보는 역할만 하고, 귀는 듣는 역할만 하고, 코는 냄새 맡는 역할, 입은 말을 하는 또는 음식을 먹는 역할만 하고, 손발은 움직이는 역할만 할 뿐입니다.

　실제로 눈과 귀와 코와 입과 손발과 생각의 주인은 마음입니다. 마음을 통해서 보기도 하고 듣기도 합니다.

　마음이 밝으면 온 세상이 밝아지고 마음이 어두우면 온 세상이 어두워집니다. 그 마음이 한 생각을 일으켜 선행을 하기도 하고 나쁜 행위를 하기도 합니다. 생각을 다스리기 전에 마음을 잘 다스리면 육근(눈, 귀, 코, 혀, 몸, 뜻)을 잘 다스릴 수 있습니다.

　마음이 청정하면 몸이 청정하고 몸이 청정해야 우리가 사는 국토가 청정해진다고 하였습니다.

쓸데없는 생각이 많으면
고통이 따릅니다

어느 날 청전 화상과 상좌가 같이 차를 달일 때에
화상이 찻상을 세 번 두드리니 상좌도 역시 세 번 두드렸다.
"노승이 상을 두드린 것은 선교가 있는 것이다.
상좌가 상을 두드린 것은 무슨 도리가 있는 것인가?"
"모갑이 두드린 것은 방편이 있습니다.
화상께서 세 번 두드린 것은 무엇입니까?"
화상은 찻잔을 들어 보였다.
"선지식의 눈은 그런 것입니까?"
"차를 마셔라." 하니
상좌가 도리어 물었다.
"스님께서 찻잔을 들어 올리셨는데 구경에는 무슨 뜻입니까?"
"아직도 다시 다른 어떤 뜻이 남아 있느냐."

『차학선서』

일운 스님의 속삭임 心·心·心

차를 한 잔 마시는 데도 도가 있습니다.

지금 이 순간의 삶이 내 삶의 전부이기 때문에 차를 마실 때도 밥을 먹을 때도 집중하고 또 집중하기 바랍니다.

쓸데없는 생각이 많으면 늘 고통이 따르고 모든 생각을 멈추고 현재 일념에 집중하면 행복함이 늘 따릅니다.

일상에서 남을 원망하고 미워하면서 사는 것은 자신을 버리는 결과를 낳을 것입니다. 반대로 긍정적으로 모든 것을 받아들이면 삶은 풍요로워질 것이며 행복해질 것입니다.

지금 이 순간 함께하고 있는 수많은 생명 존재들은
참으로 소중하고 귀한 인연입니다.
인연이 없다면… 어떠한 사람도 만날 수가 없습니다.

수레를 다그쳐야 하겠습니까
소를 다그쳐야 하겠습니까

중국 당대의 선승 남악 회양 선사와 마조 도일 선사의 심인(心印)을 전한 유명한 일화가 있습니다.

회양이 좌선을 하고 있는 마조에게 다가가서 묻는다.

"대덕은 무엇하려고 좌선을 하는가?"

마조가 답하기를

"부처가 되려고 합니다."

그러자 회양은 마조 옆에서 기왓장을 갈기 시작한다.

이번에는 마조가 회양에게 묻는다.

"기왓장을 갈아서 무엇하시려는 겁니까?"

"거울을 만들려고 그러네."

"기왓장을 아무리 간들 거울이 될 수 있습니까?"

회양이 마조의 말이 떨어지기 전에 일갈했다.

"기왓장이 거울이 될 수 없는데 좌선을 한들 부처가 될 수 있겠는가?"

그 말이 끝나자 마조는 자세를 바로 하고 여쭈었다.

"그러면 어찌해야 합니까?"

회양 선사가 마조를 타이르듯 다시 물었다.

"소가 수레를 끌고 가는데 수레가 만일 나가지 않는다면 수레를 다그쳐야 하겠는가, 아니면 소를 다그쳐야 하겠는가?"

스승의 말에서 좌선 정진만으로는 부처가 될 수 없다는 것을 깨달은 마조 선사는 마음이 곧 부처요, 평상심이 도라는 것을 깨닫게 되었던 것입니다.

일상에서 언제나 마음이 주인임을 인지하는 것이 중요하고 마음을 떠나서는 깨달음이 있지 않다는 것을 아는 것이 중요합니다.

마음이 곧 부처입니다.

지금 현재의 마음을 일상에서 평상심으로 유지하는 것이 자신을 다스리는 유일한 수행 방법입니다.

*끽다거

육조 혜능 선사께서 "내 마음속에 부처가 있으며 자신의 부처가 진불이다."라고 말씀하셨습니다. 이는 일상에서 일어나는 마음이 도(진리)이며, 일상에서의 마음을 떠나서 도(진리)는 없다는 뜻입니다.

세상의 법이 바로 불법이고 불법이 곧 세상의 법입니다. 나를 떠나서 세상을 이야기할 수 없고 세상을 떠나서 나를 이야기할 수 없기 때문입니다.

목이 마르면 물을 마시고 배가 고프면 밥을 먹고 더우면 서늘한 곳을 취하고 추우면 따뜻함을 찾는 것이 평상심의 도리가 아니고 무엇이겠습니까?

중국 당대의 선지식 조주 종심 선사께서 새로 온 수행자에게 물었다.

"전에 여기 온 적이 있던가?"

"온 적이 있습니다."

"차나 한 잔 들게나!"

조주 선사는 또 다른 수행자에게 똑같이 물었다.

"전에 여기 온 적이 있던가?"

"온 적이 없습니다."

"차나 한 잔 들게나!"

그러자 원주 스님이 조주 선사에게 물었다.

"어째서 온 적이 있다고 해도 '차나 한 잔 들게나!'라고 하시고 온 적이 없다고 해도 '차나 한 잔 들게나!'라고 하시는지요?"

조주 선사는 큰 소리로 원주를 부르더니 이렇게 말했다.

"차나 한 잔 들게나!"

조주 선사는 관음원에 계시면서 '끽다거'(喫茶去, 차나 한 잔 들게나)라는 최상의 선 수행 법문의 일화를 남겼습니다. 관음원을 찾은 적이 있는 스님에게도 찾은 적이 없는 스님에게도 차를 마시고 가라고 하였다고 합니다.

'끽다거'란 일상에서 자신을 보며 집중하라는 의미입니다. 그 속에 깨달음이 있습니다.

집착해서는
마음을 보지 못합니다

　당나라 말기 사언 선사는 수행 중에 매일 스스로에게 말을 건네면서 성찰의 깊이를 더해 갔다 합니다.

　즉 스스로 "주인공아!" 부르고는 "예." 하고 대답하고 다시 "눈을 뜨고 있는가?" 하고는 "예." 하고 대답하고 또 "남에게 속지 말라." 하고는 "예." 하고 대답하는 식으로 묻고 답하며 스스로를 단속했다고 합니다.

　부처님께서도 "너 자신을 등불로 삼고 너 자신을 의지하라. 진리를 등불로 삼고 진리를 의지하라. 이밖에 다른 것에 의지해서는 안 된다."라고 말씀하셨습니다.

　형식을 고집하거나 어떠한 사물에 집착해서는 자신의 마음을 보지 못한다 하셨습니다. 오로지 변하지 않는 진리, 즉 자신의 마음을 믿고 그 법에 의지하라 하셨습니다.

일운 스님의 속삭임 心 心 心

눈에 보이는 모든 현상은 변하고 결국은 없어지기 때문에 변하지 않는 진리, 즉 마음을 깨닫기 위해 노력하는 삶이 진정한 삶이라 생각합니다.

이 우주의 주인은 우리들이며 세상의 주인도 우리들입니다.
주인공의 삶, 자신의 마음을 속이지 않는 삶이야말로 가장 자신을 청정하고 진실하게 하는 것이 아닐까요?

매 순간 자신이 무슨 생각을 하고 있는지 무슨 행위를 하고 있는지 명확하게 아는 것이 중요합니다.

일운 스님의 속삭임 心·心·心

산사에서 부는 바람이 아주 시원합니다.
이제는 완연히 맑고 투명한 가을입니다.
오래전 응향각 주변에 심어 놓은 오죽나무가 제법 운치를 자랑하고 있습니다.
바람에 스치는 오죽나무의 맑은 기운이 청향헌을 감싸고 돕니다.

어리석은 줄 알면
이미 어리석지 않습니다

부처님의 제자 중에 바보라고 놀림 받는 주리반특이 있었습니다.

어느 날 주리반특이 부처님께 여쭈었습니다.

"부처님, 저는 너무 어리석어서 아무리 노력을 해도 수행이 잘 안 됩니다. 그래서 남들이 저를 바보라고 놀립니다. 어떻게 하면 수행을 할 수 있을까요?"

부처님께서 말씀하셨습니다.

"걱정 말아라, 주리반특이여. 자기가 어리석은 줄 아는 사람은 이미 어리석은 사람이 아니다. 참으로 어리석은 자는 자기가 어리석다는 사실조차도 모르는 사람이다."

일운 스님의 속삭임 心 心 心

그 이후 주리반특은 부처님의 가르침에 따라 열심히 수행하여 깨
달음을 얻었다고 합니다.

세상을 살면서 수많은 일과 부딪치게 됩니다.

그럴 때 현명하고 지혜롭게 판단하는 것이 중요합니다. 하지만 어
리석은 판단으로 서로에게 고통과 상처를 주어 원한을 맺는 일이 허
다합니다. 어리석은 줄 알면 이미 어리석지 않다고 부처님께서 말씀
하셨습니다.

지혜를 얻기 위해서는 집중된 생활을 하는 것이 중요합니다. 나를
낮추고 나를 비우는 행위와 지금 여기 이 순간에 집중하여야 무아지
경의 삼매를 얻을 수 있습니다.

지금 살아 있다는 이 한 가지 이유만으로도
행복하고 감사한 일입니다.
감사한 마음으로 지금 이 순간에 집중하기 바랍니다.

소리가 부드러우면
메아리도 부드럽습니다

소리가 부드러우면 메아리도 부드럽고
모양이 단정하면 그림자 또한 단정하듯
모든 것은 마음에 달려 있습니다.
진리를 밖에서 찾으면
깨달음을 영원히 얻지 못할 것이며
마치 소를 타고 있으면서
소를 찾는 일이 벌어질 것입니다.

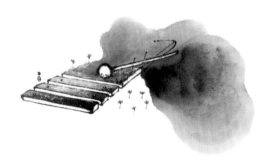

일운 스님의 속삭임 心·心·心

중국의 대안 선사가 백장 선사를 찾아가 물었습니다.

"도대체 부처가 무엇입니까?"

백장 선사가 말했습니다.

"마치 소를 타고 소를 찾는 것과 같느니라."

진리는 마음 안에 있다는 것을 분명히 보여 주셨습니다.

마음을 깨닫지 못해 생사의 두려움에서 고통받고 있습니다.

'깨닫지 못하면 부처가 중생이 되고 깨달으면 누구라도 부처가 될 수 있다.'고 부처님께서도 말씀하셨습니다.

어떠한 것이라도 집착하는 순간 모든 자유를 잃게 됩니다.

인욕을
제일로 아십시오

현명한 수행자는 인욕(忍辱)을 제일로 알아
마땅히 맑은 물과 같이 행동해야 한다.
물은 그 어떤 더러움도 깨끗이 씻어 내면서
그 본질은 더럽혀지지 않는다.

『견의경』

　자신의 마음을 극복하지 못하면 다른 사람의 마음을 이해할 수 없습니다. 그러므로 자신의 마음을 다스리기 위해 수행이 필요합니다.
　자신을 이길 수 있는 수행은 나를 비우고 낮추는 것입니다. 모든 강물이 흘러 흘러 가장 낮은 바다로 모이듯, 나를 낮출수록 마음은 넓어지고 깊어진다는 것을 기억하십시오. 그리고 반드시 깨달음을 얻을 수 있다는 것도 기억하기 바랍니다.

일운 스님의 속삭임 心·心·心

차별이 없어야
사랑이고 자비심입니다 *

인간의 모든 욕망은 덧없고 허무하며
물거품과 같고 아지랑이와 같고
물속에 비친 달과 같고 뜬구름과 같은 것이다.

『화엄경』

사랑하는 대상은 설사 그가 천한 사람이라 해도 모두가 평등합니다. 왜냐하면 사랑에는 차별이 없기 때문입니다.

그와 같이 자비심 또한 생명을 연민히 여기는 마음에는 고하귀천을 막론하고 차별이 없습니다.

마음이 늘 사랑으로, 그리고 자비심으로 채워져 있는 사람은 진흙 속에서 청정한 연꽃이 피듯 세상의 그 어떤 욕심에도 물들지 않을 것입니다.

악을 먼저 경계하십시오

밝은 달빛 물처럼 스며 옷을 적실 때
침침한 정자의 가을밤은 길어라.
염불 소리 그치도록 오래오래 앉아서
고요히 또 담담히 옥잠화 향기 마주하네.

〈초추야좌(초가을밤)〉 중국 원나라 문인화가 조옹 시

　자신을 소중히 여기는 사람은 자신의 말과 행위를 여법하게 합니다. 어떠한 경우라도 정직하고 진실하여야 하며 자신을 속이는 일이 없어야 합니다. 특히 악에 대해서는 더욱더 몸을 살피고 마음을 살펴 조심 또 조심해야 합니다.

　불법(佛法)에서는 선행을 강조할 뿐만 아니라 악을 제일 먼저 경계하라고 가르치고 있습니다. 먼저 나쁜 행위를 하지 않고 착한 행위를 하여야 바른 사람이라고 부처님께서는 말씀하고 계십니다.

　선과 악의 본질을 바로 알아야 선에도 끄달리지 않고 악에도 끄달리지 않습니다.

일운 스님의 속삭임 心·心·心

지금 여기
지혜에게

하루
한마디
위로

고통을
즐거움으로 알고

지금도 행자 시절을 생각하면 환희와 법희로 가득 찹니다.

지게를 지고 산에 올라 나무를 해 오는 일, 공양간 일을 거드는 일, 농사지을 퇴비를 만드는 일, 노스님 방에 군불을 지피는 일 등 모두 처음 해 보는 일이었지만 대중 스님을 잘 모시는 일이라는 생각에 힘든 줄 몰랐습니다.

새벽 3시에 일어나 예불을 시작으로 하루 일과를 마치는 9시가 될 때까지 강원에 들어가기 전 5년 동안 행자 생활을 했습니다.

일운 스님의 속삭임 心·心·心

제가 출가를 하려고 했을 때, 어느 선생님께서 하신 말씀입니다.

"고통을 즐거움으로 삼고 살아야
 모든 것을 참고 수행할 수 있다."

고통이 바로 즐거움이라는 뜻입니다. 불이(不二)의 진리를 깨우쳐
주신 셈입니다.

고통과 즐거움은 본래 둘이 아닙니다. 다만 스스로가 고통을 만
들어서 고통스러워하고 스스로가 즐거움을 만들어서 즐거워할 뿐
이라는 것을 잘 알 것입니다.

고통은 바로 즐거움입니다. 일상에서 일어나는 수많은 좋고 나쁜
경계에 속지 말고 늘 평상심을 유지하고 지금 이 순간의 한 생각과
한 행위가 미래 자신의 모습을 만든다는 것을 잊지 말기 바랍니다.

마음이 향한 곳으로
몸이 움직입니다

마음은 눈에 보이지 않습니다.

그러나 그 마음이 일체를 인지합니다.

내 마음이 향한 곳으로 몸은 움직입니다. 마음은 몸을 움직이는 주인입니다. 마음이 즐거우면 몸도 따라 즐겁고 마음이 슬프면 몸도 따라 슬퍼집니다.

훌륭한 생각을 해야 훌륭한 행위를 하게 됩니다. 반드시 된다는 생각을 하면 어떠한 일이든 이루어지고, 안 된다고 생각하면 절대로 되지 않는 것이 철칙입니다. 모든 것은 내 마음에 달려 있기 때문입니다.

일운 스님의 속삭임 心心心

마음으로 사물을 보고 상대를 보아야 실수가 없고 상대방의 입장을 이해하게 됩니다.

그리고 지금 내 삶의 모든 조건을 완전히 받아들여야 합니다. 그래야 고통이 줄어들고 환희심으로 내 인생을 후회 없이 살아갈 수 있습니다.

마음이 세상이고 세상이 마음이기 때문에 마음을 떠나서 나를 이야기할 수 없고 나를 떠나서 세상을 이야기할 수 없습니다.

잠시도 쉬지 않고 모든 것이 찰나에 변하고 있는 이 현상세계는 참으로 무상합니다. 그러나 절대로 변하지 않는 진리, 즉 마음이 늘 존재하고 있습니다. 그 마음을 잘 다스려야 건강하고 평화로운 삶을 매 순간 살아갈 수 있을 것입니다.

여러분의 지고지순한 삶을, 자유로운 삶을 진심으로 응원합니다.

조건이 없는
사랑이 있다면

자신이 무엇을 생각하고 있는지 알고자 한다면 우선 자신의 감정을 잘 살펴야 합니다. 그리고 기분에 따라서 감정이 일어나기 때문에 좋은 기분으로 전환하는 것이 중요합니다.

음악, 영화, 여행 등 좋았던 기억은 기분을 바로 전환시킵니다. 그중에서도 사랑의 감정은 자신을 다스리는 데 큰 역할을 해 줄 것입니다.

단지 내가 좋아하는 사람이라든지 물건만이 아닌 사랑의 마음은 사람들을 이해하고 세상을 이해하는 데 크게 도움이 됩니다. 스스로의 감정을 잘 살펴서 보이지 않는 것까지도 감싸 안을 수 있는 조건 없는 사랑의 감정을 일으킨다면 자신이 원하는 그 어떤 것이든 성취하게 될 것입니다.

일운 스님의 속삭임 心 心 心

인생은 진실로 경이롭습니다.

자신의 내면의 무한한 힘을 매 순간 발견하기 바랍니다.

사랑의 마음으로 세상을 바라보면 세상은 온통 사랑으로 가득 찰 것입니다.

지금 산에서 들려오는 매미 소리에 산천이 시끄럽습니다.

살아 있는 모든 생명에게 진정한 평화와 진실한 사랑을 보냅니다.

아무리 빨리 달려도 그리고 아무리 천천히 걸어도
우리에게 주어진 시간은 오직 지금 이 순간뿐입니다.
'가장 아름다운 인생은 물처럼 사는 것이다.'라고 흔히 이야기하지만
제 생각에 우리 인생에 있어서 가장 아름다운 삶은
자유로운 삶이 아닌가 생각합니다.

마음은 에너지

사람들은 대부분 자신의 몸이 자신의 전부라고 생각합니다. 그러나 몸은 네 가지 원소로 만들어진 물질입니다. 그 물질은 순간순간 변하고 한계가 있습니다. 마음이 몸을 움직이는 주인이기 때문에 몸은 마음이 시키는 대로 움직일 뿐입니다.

양자물리학에서는 이 세상을 창조한 주체를 에너지(energy)라고 말합니다. '물질 안으로 이동하고 물질을 관통하며 물질 밖으로 나가는' 것을 과학자들은 에너지라고 합니다. 창조되거나 파괴되지 않고 늘 존재했고 이제까지 존재했던 모든 것이 곧 에너지입니다. 에너지는 늘 존재합니다.

불교에서는 에너지를 마음이라고 표현합니다.

마음은 텅 비어 "불생불멸(不生不滅, 나지도 멸하지도 않음) 불구부정 (不垢不淨, 더럽지도 깨끗하지도 않음) 부증불감(不增不減, 늘지도 줄지도 않음)"하다고 표현하고 있습니다.

순수한 마음은 허공처럼 텅 비어 늘 맑고 깨끗합니다.

마음은 일체 만물을 만들어 내는 에너지장입니다.

마음은 창조되거나 파괴될 수 없습니다.

그저 형태만을 바꿀 뿐입니다.

자신의 행위에 따라 형태는 늘 바뀌고 변합니다.

마음은 지금도 존재하고 앞으로도 영원히 존재할 것입니다.

마음은 형태가 바뀐다고 해서 사라지지 않습니다.

마음은 세상과 우주, 내 인생을 쉼 없이 창조해 내고 있고 또한 창조해 내는 힘을 가지고 있습니다.

내가 어디에 있든, 잠을 자든 일을 하든, 마음은 늘 주인의 역할을 합니다. 또한 자신의 마음을 자신이 관리하기 때문에 그 누구도 자신을 대신하여 생각하거나 느낄 수 없습니다.

자신의 생각과 행위는 스스로만이 알기 때문에 스스로 책임질 수 있는 행위를 해야만 내 삶이 안정되고 평화롭습니다.

지금 나의 삶에 집중하여 내면에 잠재되어 있는 무한한 에너지를 끄집어내어 주인의식을 가져야 합니다. 내 인생의 행복과 불행은 내 손에 달려 있습니다.

용기 있는 선택으로 매 순간을 이 우주의 주인으로 살아가기 바랍니다.

일운 스님의 속삭임 心·心·心

마음이 무엇인지
번뇌는 과연 무엇인지

마음을 떠나 번뇌가 존재하지 않고
번뇌를 떠나 마음이 존재하지 않습니다.
구름이 해를 가려 그 밝음을 알지 못하듯
번뇌가 마음을 가려 진여의 마음자리를 깨닫지 못합니다.
그러나 하늘의 해는 늘 그 자리에 존재하며
마음 또한 항상 그 자리에 존재합니다.
영원히 변하지 않는 진리 속에
자신의 마음을 매 순간 발견하기를 바랍니다.

세상이
나를 괴롭힌다는 착각

세상은 우리들을 위해 존재하고 있을 뿐인데, 세상이 나를 괴롭힌다고 착각하고 사는 사람들이 많아 마음이 아픕니다. 새로운 것을 보는 것만이 중요한 것이 아니라 새로운 눈으로, 지혜의 눈으로 세상을 보는 것이 중요합니다.

이 아름다운 세상에서 함께 살아갈 수 있는 것은 우리가 훌륭한 인연을 맺어 왔기 때문입니다. 세상에 함께하고 있는 모든 존재들이 나와 같은 본성을 지니고 있다고 생각한다면 너와 내가 둘이 아닌 진리의 세상에서 아름답게 살게 되겠지요.

모든 것이 둘이 아니기에 이 세상에 존재하는 모든 것에 깊은 감사와 영광과 축복을 보내 드립니다.

비 갠 아침 산사는 눈부시게 아름답고 영지에 핀 연꽃들은 오고 가는 사람들의 발길을 멈추게 하고 있습니다.

내 삶이 더없이 소중하고 귀중한 선물이란 것을 깨달을 때, 나의 삶은 더욱 아름답게 빛납니다.

화내기 이전으로
돌아가십시오

봉사와 베푸는 마음은 뇌를 건강하게 하고 자신을 믿는 믿음의 힘은 기적을 만듭니다.

뇌를 건강하게 하고 마음을 고요히 하기 위해 지금 이 순간 온몸과 온 마음을 다해 집중하면 몸도 마음도 편안해지리라 생각합니다.

일상의 생활에서 자신을 다스려 가는 것이지 일상을 떠나서 자신을 이야기할 수 없습니다.

평소 자신을 다스리기 위해 가장 조심해야 할 행위는 어떤 경우라도 화를 내거나 남을 미워하지 않는 것입니다. '화를 내는 그 순간 흥분할 때마다 수십만 개의 뇌세포가 파괴되고 남을 미워하게 되면 미움은 피에 독성물질을 만들어 낸다.'고 의학에서는 밝히고 있습니다. 건강을 해치는 주범이 분노와 미움이라는 것입니다.

화가 났을 때 자신이 지금 왜 화를 내고 있는지에 대해 살펴야 합니다. 잠시 생각을 멈추고 화를 내기 이전으로 돌아가 그 이유를 살피고 상대와 합리적으로 소통하는 것이 중요합니다.

일상에서 '화'만이라도 이성적으로 잘 다스린다면, 그리고 자신을 사랑하는 것처럼 남을 사랑하고 미워하지 않는다면, 자신은 더욱 건강해지고 마음은 평온해질 것이며 사람들로부터 신뢰를 얻게 될 것입니다.

일상생활에서 두 번째로 조심하고 주의해야 할 것은 습관적으로 짜증을 내는 것과 과거에 집착하는 것입니다.

짜증은 체질을 산성으로 만들고 산성 체질은 종합병원이라고 불릴 만큼 여러 질환을 일으킬 수 있다고 의학에서는 밝히고 있습니다. 짜증은 부정적인 사고에서 만들어집니다. 짜증을 자꾸 내다 보면 습관이 되어 자신도 모르게 쌓여 갑니다.

부정적인 사고방식은 우리들이 살아가는 데 조금도 도움이 되지 않습니다. 내가 지금 이 순간 무슨 생각을 하고 있는지 늘 관찰하여 자신에게서 일어나는 짜증을 다스릴 수 있어야 합니다.

반대로 긍정적인 사고는 자신을 이롭게 하고 행복하게 합니다.

아름다운 인생 여정에 제가 힘을 보태고 응원하겠습니다. 여러분들은 행복할 권리와 사랑 받을 자격이 충분히 있습니다.

조금만 노력하면 잘못된 습관이든 잘못된 행위든 다스리지 못할 것이 없습니다. 지금 나의 생명은 소중하고 귀합니다.

모든 것이 아름답습니다

진리를 알려고 노력하는 사람은 항상 마음이 고요하고 그 주변이 아름다울 것이며
언제나 법을 나누고 음식을 나누며 행복할 것입니다.
산사에서 불어오는 시원한 바람을 사는 데 돈이 필요하지 않듯
우리가 사는 세상은 자기 자신이 느끼는 만큼 행복할 수 있습니다.
괜히 이유 없이 긴장하거나 우울해하거나 슬퍼하거나 불안해하지 말아야 합니다.
왜냐하면 어리석은 사람은 할 수 있는 일은 하지 않고
할 수 없는 일만 하려고 애쓰기 때문입니다.

세상은 자신이 느끼고 깨닫는 만큼만 보이기 때문에
마음을 열기 위해 노력하면 세상 보는 안목이 저절로 열리게 됩니다.

일운 스님의 속삭임 心·心·心

모든 고통은 집착에서 옵니다.
집착을 내려놓고 맑은 가을 하늘처럼 투명하고 행복한 생각만 하면
그 순간 자신은 행복할 것이며 주변에도 행복한 일만 가득할 것입니다.

남에게 빌지 말고
자신에게 비십시오

　다툼과 성내는 마음은 쉬이 사라지지 않습니다. 진심으로 용서하는 것만이 모든 다툼과 원한을 끝내게 될 것입니다.

　크거나 작거나에 상관없이 진심으로 용서할 때 자신의 마음도 행복해지며 세상도 나를 용서하게 됩니다. 왜냐하면 원인이 없는 결과는 존재하지 않기 때문입니다.

　살아가면서 혼란과 위험은 늘 존재합니다. 사람들은 그것을 극복하고 다스리기가 쉽지 않다고 생각하지만 느긋하게 그 상황을 즐기고 받아들일 줄 안다면 그리 어려운 것만도 아닙니다.

우리가 살고 있는 우주나 하늘은 우리가 빌고 바라는 것을 가져다주는 것이 아니라, 우리가 느끼고 누리는 것을 가져다줍니다. 그렇기 때문에 우리가 바라는 것을 하늘이나 어떤 대상에 빌지 말고 자기 내면에서 일어나는 마음으로 그대로 느끼고 즐기십시오. 그러면 우리가 생각한 대로 행복은 저절로 찾아올 것입니다.

이기적이고 기복적인 삶이 아니라 이타적이고 대승적인 삶을 추구하는 것이 가치 있는 삶이 아닐까 합니다.

행복을 위해서 지금 일어나고 있는 한 생각을 미움이나 원망에 두지 말고 용서와 화해, 상생의 길에 두기를 진심으로 부탁드립니다.

가난을 이기는 방법

한순간에도 수천수만 가지의 생각 때문에 잠을 이루지 못하는 분이 많이 있을 줄 압니다. 이런 생각은 꼬리에 꼬리를 물어 머리를 아프게 하고 마음을 복잡하게 합니다. 생각을 비워야만 모든 일을 해결할 수 있습니다.

어떻게 하면 비워질까요?
일어나는 생각을 잠시 멈추고 그 생각을 분명히 바라볼 때 모든 생각은 비워지고 마음도 고요해집니다.

나는 누구인가. 나는 진실로 누구인가. 생각이 나 자신인가.
그렇지 않습니다. 나는 바로 그 생각을 바라보는 자일 뿐입니다.
모든 것은 이미 완벽하게 이루어져 있습니다. 실제 존재의 완전성과 변하지 않는 진리, 즉 마음을 되찾기만 하면 됩니다.

망상 대신 염불에 집중을,
짜증 대신 웃음을,
욕심 대신 보시를,
원망 대신 용서의 마음을,
불안함 대신 편안함을,
가난 대신 만족함을….

여러 상황을 일상에서 이길 수 있는 방법은 많습니다.
다만 노력하지 않아 이기지 못할 뿐입니다.

가난을 이기는 방법은 지금 모든 상황을 받아들이고 만족하는 데
있습니다. 그리고 더욱 베푸는 데 있습니다.

지금 이 순간의 상황과 선택은 우리가 만들어 온 것입니다. 지금
보다 더 성숙하고 풍요로운 삶을 원한다면 그에 맞는 행위를 하여
야 합니다. 모든 것은 원인에 의해 결과가 이루어지기 때문입니다.

그러기 위해서는 남보다 잘났다고 자랑하기 이전에 매 순간에 집중하여 그 모습이 더욱 진실할 수 있도록 노력해야 합니다. 그런 삶이야말로 가치 있고 책임 있는 삶이라 하겠습니다.

가치 있는 삶을 사는 사람이 지금 이 시대가 가장 요구하는 사람입니다.

의식에는
한계가 없습니다

힘을 얻는 진정한 방법은 자신의 힘을 의식하는 데 있습니다.

마음은 본래부터 완전하고 완벽합니다. 이 도리는 불변의 진리입니다. 마음에는 결함이나 한계, 질병, 늙음, 되고 되지 않음 따위는 본래 없습니다. 다만 자신의 의식이 '한계가 있다.'라고 스스로 생각할 뿐입니다.

내가 무엇을 느끼고 있는지 인식하는 순간 마음은 즉시 깨어납니다. 지금 현재를 의식하는 것은 일상생활 속에서 항상 해야 할 일입니다. 언제 어디서나 지금 현재를 의식함으로써 마음은 망상에 사로잡히거나 경계에 흔들리지 않고 집중될 것입니다.

어디에도
머물지 마십시오

우리 모두는 크고 작은 틀에 갇혀서 산다고 해도 과언이 아닙니다.
개구리가 우물 안에 갇혀 아무리 뛰어도 밖으로 나올 수 없듯이,
갇혀 있는 자는 어떠한 변화도 이루어 낼 수 없습니다.
그 틀을 깨고 나올 때 새로운 인생이 시작될 것입니다.

내가 살아온 방식에 갇혀 있다거나, 내가 믿는 종교 또는 내 생각에, 나라는 생각에 갇혀 있는 사람은 늘 다른 이들의 방식에 딴죽을 걸거나 다른 이들과 싸움을 하게 됩니다.

어디에든, 고정되어 있는 사고방식에 머물면 새로운 삶의 변화를 만들어 내지 못합니다. 변화란 영적 성장의 일환이기 때문에 반드시 필요하다 하겠습니다.

내 종교가 불교이기 때문에 믿는 것이 아니라 그것이 진리이기 때문에, 합리적이고 논리적이기 때문에 믿는다면 이러한 믿음은 스스로에게도 이익이 될 것이고 타인에게도 이익이 될 것입니다.

문제를
피하지 마십시오

문제는 어느 곳에나, 언제나 있습니다. 그것 때문에 노여워하거나 혹은 두렵다고 회피하지 말아야 합니다. 싫어서 도망치고, 좋아서 집착하다 보면 우리들의 고통은 멈출 날이 없습니다.

이 모든 것을 이기는 방법은 삶의 모든 것을 받아들이고 삶을 찬 탄하고 찬미하는 것입니다. 살아 있음에 감사하고 또 이 시대 모든 존재들과 함께할 수 있음에 찬탄하여야 합니다.

삶의 근원에서 본다면 이 세상은 찬탄할 일밖에 없다는 것을 알게 될 것입니다. 나와 인연한 모든 존재들이 행복하길 기도하고 그들 을 축복해 주는 일, 그 자체가 내 삶을 행복하게 하는 일임을 바로 알게 될 것입니다.

일운 스님의 속삭임 心·心·心

어제보다 더 많은 지금에 감사하고
그 감사함에 더욱 집중해 간다면

어제보다 더 나은 풍요롭고 행복한 삶이 눈앞에 펼쳐질 것입니다.

내가 지금
여기에 없습니다

　마음의 본래 자리는 가는 것도 오는 것도 아니고 착함도 악함도, 깨끗함도 더러움도 아닙니다. 마음은 늘 그 자리에 있을 뿐입니다.

　지금 이 순간 마음을 열면 마음은 언제나 열릴 것이고, 마음을 닫으면 마음은 언제나 닫혀 있을 것입니다. 열고 닫음은 어떤 절대자가 해 주는 것이 아닙니다. 바로 자기 자신이 합니다.

　행복해지고 싶으면 행복할 수 있는 조건에 집중해야 합니다. 반대로 불행에 집중하면 불행해질 수밖에 없습니다.

　어떤 이가 스승에게 물었습니다.

"깨달음은 어디에 있습니까?"

스승이 대답합니다.

"지금 여기에 있다."

의아해 다시 되묻습니다.

"지금 여기에는 아무것도 없는데요?"

마지막으로 스승은 이렇게 대답합니다.

"그렇겠지, 자네가 지금 여기에 있지 않으니까."

지금 이 순간 여러분들의 마음은 어디를 향해 있나요?

모든 생각은
힘이 있습니다

마음은 우주의 마음입니다.

마음은 영원한 생명이며 완전한 존재입니다.

마음이라는 존재는 눈에 보이지 않으며 만져지지도 않습니다.

마음은 육체 안에 있거나 밖에도 존재하지 않지만 분명히 느끼고 분명히 보고 있습니다. 모든 것을 인지하고 느끼며 우주와도 연결되어 있습니다.

우리가 느끼는 힘은 내면에서 나오고, 따라서 스스로를 통제할 수도 있습니다. 한 생각은 곧 마음에서 나오기 때문에 세상의 일부이기도 합니다.

일운 스님의 속삭임 心心心

아주 작고 사소한 생각이라도 그 생각은 힘을 지니고 있습니다. 그 힘은 내 삶의 일부를 바로 만들어 냅니다.

그러기에 지금 자신의 마음에서 일으키는 한 생각이 아주 중요합니다. 한 생각이 우주를 창조하고 세상을 창조하고 자신의 인생을 창조하기 때문입니다.

지금 이 순간이 지나면 지금 이 시간은 다시 오지 않습니다.

매 순간순간 진실하고 평화롭기를 희망합니다.

자신을 낮춘다면

자기 자신을 내세우면 한없이 낮아지지만
자기 자신을 낮추면 모든 사람들이 존경하고 감동할 것입니다.
모든 강물이 흘러서 바다에 모이는 것은 바다가 가장 낮기 때문입니다.
바다의 넓이와 깊이를 헤아려 알기 어렵듯이
사람의 마음도 낮추면 낮출수록 넓어지고 깊어진다는 도리를
아는 것이 중요합니다.

나를 낮추면 덕이 쌓이고
덕이 쌓이면 모든 사람들이 믿고 따를 것입니다.
나 자신의 덕을 쌓는 현명한 행위는 자신의 행복으로 이어질 것입니다.

행복하게
잘 사는 법

불교의 목표는 지금 여기에서 진정 행복해지는 것입니다. 우리의 마음을 가장 편안하고 평화롭게 만들어 가는 것입니다.

그렇게 하기 위해서 지금 긴장을 풀고 들떠 있는 마음을 편안하게 하여야 합니다. 그래야 일상에서 일어나는 수많은 짜증을 통제할 수 있습니다.

인생 설계는 우리의 손에 달려 있고 결과는 마음에 달려 있습니다. 일체 모든 힘은 우리 내면에서 매 순간 창조하기 때문입니다.

이 순간 지금 여기에 살아 있다는 것만으로 이미 축복 속에 있고 기적 속에 있습니다. 그래서 우리 모두는 행복하게 잘사는 법을 배워야 합니다.

행복하게 잘 사는 법이란
지금 이 순간 모든 생각을 멈추고 긴장을 푸는 것이며
스스로의 존재를 인식하는 것입니다.

지금 있는 곳에서 긴장을 풀고 '하면 된다.'는 신념으로 마음에 평화와 자비심을 이끌어 내는 것이야말로 자신을 통제할 수 있는 유일한 방법입니다.

인생은 그 자체만으로도 축복이고 기적입니다.

현명한 집중

어떤 회사에 새로 부임한 사장이 게으른 사원은 무조건 해고하겠다고 별렀다. 그때 마침 한 젊은이가 커피를 마시며 놀고 있었다.

사장 : "자네 월급은 얼만가?"

젊은이 : "150만 원이요."

사장 : "월급 여기 있네. 내일부터 나오지 말게나!"

그러자 그 젊은이는 주저 없이 돈을 받아 들고 그 자리를 떠났다. 사장은 이상해서 다른 직원에게 물었다.

사장 : "저 한심한 직원 여기서 무슨 일을 했나?"

다른 직원 : "아! 여기에 피자배달 온 사람인데요?"

어느 책에서 읽은 내용입니다. 새로 부임한 사장은 너무 성급한 나머지 오판을 하게 되었고 회사도 손실을 보게 되었습니다.

지금 나의 한 생각은 내 인생 전부를 만들어 내는 원인이 됩니다. 지금 하고 있는 생각이 얼마나 중요한지 잘 알고 있으리라 믿습니다. 지금 하고 있는 좋은 생각이 나 자신을 이롭게 하고 함께 살아가는 사람들을 이롭게 한다는 것을 깊이 이해하기 바랍니다.

지금 이 시간이 지나면 지금 이 순간의 시간은 다시 돌아오지 않습니다. 어떠한 경우라도…. 이 순간에 집중하여 지금을 살아가는 사람은 현명하고 지혜로우며 행복하고 자유로운 사람입니다.

지금 이 순간의 마음이 행복하면 세상은 저절로 행복해집니다.

운명을 바꾸는 방법

운명은 곧 행위입니다.

우리들이 살아가는 이 세상은 이익을 위한 쟁투 그리고 차별이 차고 넘칩니다. 그 이유는 하나입니다. 욕심 때문입니다.

모든 생명 있는 존재는 어떤 절대적인 존재에 의해 운명이 정해지는 것이라고 생각하는 사람들이 많지만, 실은 자신의 운명은 자신의 지금 현재의 행위에 의해서 결정됩니다.

자신의 행동이 자신의 인생을 만들어 갑니다. 그 어떤 누구도 내 인생을 대신해 주지 못합니다. 현재의 행위를 보면 그 사람의 운명을 바로 알게 됩니다.

일운 스님의 속삭임 心·心·心

결국 운명은 얼마든지 바꿀 수 있고 새롭게 개척할 수 있습니다. 성공하고 싶으면 성공을 하기 위한 바른 노력과 용기, 그리고 행동이 있어야 합니다.

성공을 이끌어 내는 비결은 바로 행동입니다. 아는 것만 있고 실천이 없다면 어떠한 결과도 만들어 내지 못할 것입니다.

진실된 행위로 인생을 창조해 내기 바랍니다.

가장 아름다운 삶

아무리 빨리 달려도 그리고 아무리 천천히 걸어도 우리에게 주어진 시간은 오직 지금 이 순간뿐입니다.

'가장 아름다운 인생은 물처럼 사는 것이다.'라고 흔히 이야기하지만 제 생각은 우리 인생에 있어서 가장 아름다운 삶은 자유로운 삶이 아닌가 생각합니다.

자유로운 삶이란 시간에 매이지 않고 물질에 욕심 없이 남들과 경쟁하지 않고 과시하지도 않으며 어떠한 경계를 만나도 두려움 없이 초연하게 받아들이는 삶입니다.

모든 것에서 자유로울 수 있는 삶을 영위하기 위해서는 모든 것을 놓아야 하는데, 놓는다는 것은 버리는 것과는 다릅니다. 집착하지 않는다는 것입니다.

자유로운 것은 얽매여 있는 것으로부터 해방되는 것,
갇혀 있는 것에서 풀려나는 것입니다.

집착 없이 살아가는 삶이
훌륭한 삶입니다.

그치지 않는 고통은 없습니다

마음이 곧 세상입니다.

외부에 나타난 대상은 마음에 드러난 현상일 뿐입니다.

세상에는 그치지 않는 고통이 없고 즐거움 또한 영원하지 않습니다.

세상은 옛날이나 지금이나 변함이 없는데 사람들이 스스로 생각을 일으키고 집착을 해서 세상이 변한 것처럼 여기고 있습니다. 세상 탓만 하고 자신의 마음을 다스릴 줄 모르는 사람은 어리석은 사람입니다. 일체 모든 현상이 진실한 마음에서 나온 것임을 인지하기 바랍니다.

세상을 탓하기 이전에 자신의 마음이 어디를 향해 있는지, 그리고 지금 현재 무슨 생각을 하고 있는지 먼저 살펴보아야 일상에서 일어나는 크고 작은 일들을 잘 다스릴 수 있을 것입니다. 지금 이 순간 자신의 마음을 떠나서 이 세상은 존재하지 않습니다.

모든 고통은 집착에서 옵니다.

집착을 내려놓고 맑은 가을 하늘처럼 투명하고 행복한 생각만 하면 그 순간 자신도 행복할 것이며 주변에도 행복한 일만 가득할 것입니다.

깨달음은
시간과 장소에 구애받지 않습니다

존재의 실상에 대하여 매 순간 끊임없이 의문을 품을 때 일상에서 어느 순간 존재의 실상을 알게 되는 경우가 많습니다.

예를 들면, 중국에 현사 스님은 돌부리에 걸려 넘어지면서 의심이 해결되었고, 영운 스님은 복사꽃 떨어지는 광경에 마음이 열렸고, 우리나라의 서산 대사는 닭 울음소리를 듣는 찰나에 마음을 깨달았다고 전해지고 있습니다. 그 외에도 많은 예들이 있습니다.

깨달음에는 시간과 장소가 따로 정해져 있지 않다는 뜻입니다. 간절하고 진실한 마음만 있으면 언제 어디서든 본질에 대한 의문이 풀린다는 것입니다. 그것도 찰나지간에….

어젯밤 중추의 달은 달빛 아래서 책을 읽을 수 있을 정도로 밝았고, 투명하고 고요하여 온 도량이 흰빛으로 가득했습니다.

저 멀고 가까운 산에서 들려오는 새소리와 가을 풀벌레 소리의 향연 또한 장관이었습니다.

참으로 아름다운 달빛이었습니다.
모두의 건강과 마음속의 평화와 행복 그리고 자유로운 삶을 간절히 기원하였습니다.

무엇도
소유할 수 없다는 사실을
아십시오

두려움과 고통은 무엇인가 잃을 수 있다는 불안에서 출발합니다.

우리는 백 년도 되지 않는 시간을 가지고 있을 뿐입니다. 그것도 온전히 산다는 가정하에서입니다. 언제 어디서 어떻게 될지 아무도 모릅니다.

부처님께서는 베풀며 살라 말씀하셨습니다. 소유로부터 자유로운 사람이 되라는 말입니다. 무소유라고 말하지만 글자 그대로 이해하면 안 됩니다. 가진 것이 없어서 무소유가 아니라 그 어떠한 것도 소유할 수 없다는 사실을 알기 때문에 무소유입니다.

이것과 별개로 우리가 했던 말이나 행동은 없어지지 않습니다. 눈앞에서 사라진 것 같아도 그것은 그대로 존재합니다. 내 인생의 행로를 결정하기 때문에 말을 조심하고 생각을 조심하고 행위를 조심하라고 부처님께서는 말씀하십니다.

나를 포함하여 살아 있는 모든 생명을 존중하고 살아갈 때 거기에 행복이 있습니다.

차 한 잔의 행복

긴 밤 오랜 참선의 피로가 몰려오고
차를 끓여 마시니 무궁한 은덕 느낄 수 있네.
한 잔을 마시면 졸음이 다 물러나고
뼛속까지 맑은 기운 모든 근심 사라지네.

진감국사 혜소(774~850)

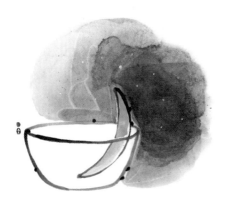

일운 스님의 속삭임 心·心·心

피로하거나 참선하다 졸음이 올 때 잠시 나와서 차를 한 잔 우려 마시면 졸음도 물러가고 피곤함도 풀립니다.

차는 몸도 마음도 맑고 깨끗하게 하는 덕성을 지니고 있습니다.
차 한 잔이 그 어떤 음료보다 많은 역할을 합니다. 혼란한 생각을 물리치고 정신을 맑게 해 주는 것도 차의 역할입니다.

차와 도는 항상 함께한다 하여 다선일미(茶禪一味)라 합니다.
차 한 잔이 초월적인 정신적 경지와 물질화된 일상생활을 합일시켜 절대의 현재 마음을 보게 하는 것입니다.

본연의 절대적인 마음으로 집중해 간다면 일상이 수행이며 지금 이 순간이 해탈의 장이 됩니다.

모든 것이
거기에 담겼음을 아십시오

한 잔의 차는 우리들의 마음을 청정하게 회복시키고 몸과 마음의 피로를 달래 줍니다. 자연과 소통시키고 사람들과도 소통시켜 줍니다.

일본에서 다인으로 유명한 센노 리큐(千利休, 1522~1591)는 누군가 다도의 비밀을 묻자 이렇게 대답하였다 합니다.

"그대는 불을 지펴 물을 알맞은 온도로 끓이고 차가 적당한 맛이 나도록 우려라. 그대는 다옥에 꽃과 나무를 마련하여 마치 그것들이 자라고 있는 것처럼 하라. 그리고 여름에는 신선하다는 암시를 주고 겨울에는 따뜻하다는 암시를 주어라. 이밖에 다른 비밀은 없다."

그리고 다음과 같은 시를 읊었다 합니다.

오직 차 탕뿐이로다.
먼저 물을 끓이고
이어서 차를 집어넣고
적당히 우러나면 마신다.
모든 것이 거기에 담겼음을 알지니.

이와 같이 차에 특별하고 별다른 의미가 있는 것이 아닙니다. 다만 정성을 다하여 일상에서 집중할 수 있는 마음만 있다면 누구든 차를 즐길 수 있습니다.

일상에서 여유를 가지고 자신과 대화를 한다는 것은 쉽지 않습니다. 왜냐하면 지금의 현실은 너무 빠르게 변하고 너무 바쁘게 시간에 쫓기며 생활에 매여 살기 때문입니다.

여유를 가져야 합니다.
본래 시간이나 공간은 정해져 있지 않습니다.
잡념 망상, 잠시 모든 것 다 내려놓고 차 한 잔으로 여유와 편안함 그리고 자유로움을 느껴 보기 바랍니다.

오늘이 내일과 다름이 없습니다

봄이면 온 도량에 매화꽃 만발하고
가을이면 나무 잎새마다 오색 단풍 눈부시네.
여름엔 청량한 바람 불어 청풍납자 정진 돕고
겨울이면 눈 내리는 산사 적막하기 그지없네.

불영사 사계의 풍광은 오고가는 사람들의 발길을 멈추게 합니다.

제가 천축산 불영사에 몸을 담은 지도 벌써 20성상이 지났습니다. 지금 생각해 보면 어제와 같은데 어느덧 많은 시간이 흘렀습니다.

저는 압니다. 지금이 없는 내일은 없다는 것을…. 그래서 늘 지금에 최선을 다하고 있습니다. 그래서인지 오늘이 어제와 같고 오늘이 내일과 다름이 없습니다.

지금까지 저와 인연한 모든 생명 있는 존재들과 무정 존재들에게 깊은 감사의 마음을 전합니다.

진심으로 그 모두가 참으로 행복해지기를
진실로 평화로워지기를
모든 것으로부터 자유로워지기를
진심으로 바라고 거듭 기원합니다.

부질없는 일들 마음에 두지 마시고 늘 지금 현재 일어나는 자신의
마음을 살펴 본질을 깨달을 수 있기를 기원하고 또 축원드립니다.
　내일의 일은 내일 처리하면 됩니다. 괜히 미리 걱정하면서 남을 미
워하고 원망하며 불평만 하고 사는 삶은 이제 그만하시는 것이 자
신의 삶에 도움이 됩니다.

　이 귀중한 생명과 이 소중한 시간을 제발 낭비하지 마시고 지금
이 순간순간에 최선을 다하여 후회 없는 삶을 살아가십시오.

바람이 불면 부는 대로

어떠한 역경계가 오더라도 저항하거나 거부하지 말아야 하고, 어떠한 순경계가 오더라도 그것을 붙잡거나 집착하지 말아야 합니다.

그저 오면 오는 대로 가면 가는 대로 물이 흘러가는 것처럼 흘러가게 내버려 두어야 합니다. 부는 바람 막을 수 없고 오는 비 그치게 할 수 없습니다. 긍정적인 마음은 자신을 더욱 행복하게 할 것입니다.

바람이 불면 부는 대로
비가 오면 오는 대로
밥을 먹게 되면 밥을 먹고
죽을 먹게 되면 죽을 먹으면서
매 순간 온 힘을 다해 수행에 전념해야 한다고
늘 제자들에게 주장하고 있습니다.

일운 스님의 속삭임 心·心·心

이것은 제가 주장하는 불영사 수행 가풍입니다.

이 가풍을 잊지 말고 현재 일념에 집중하자고 강조하고 또 강조합니다. 그래야 평상심을 유지할 수 있으며 역경계나 순경계에 흔들림이 없게 됩니다.

왜냐하면 평상심이 도(진리)의 마음이기 때문입니다.
도의 마음은 어느 한순간도 변한 적이 없습니다.
그 영원한 마음 잘 다스려서 반드시 깨달음을 성취하시길 바랍니다.

내가 웃어야
세상이 웃습니다

모든 것을 놓을 수 있는 유일한 방법은
지금 이 순간에 집중하는 것입니다.
지금 여기 이 순간 이 마음에 집중함으로써
모든 것으로부터 자유를 얻을 것입니다.

자유롭고 행복한 오늘을 위하여
마음의 문을 활짝 열고 오늘에 집중하기 바랍니다.
과거도 미래도 다 놓고 지금 여기 이 순간에 집중하기를….

일운 스님의 속삭임 心·心·心

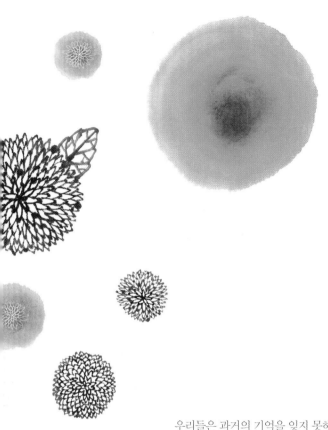

우리들은 과거의 기억을 잊지 못해 늘 근심과 걱정으로
현재에 집중하지 못하고 있습니다.

내가 행복하면 세상도 행복해지고
내가 웃으면 세상도 웃는다는 사실을
반드시 깨닫기를 바랍니다.

명상은 단순히
마음을 쉬는 것만이 아닙니다

선원 동편에 아침 해 떠오르니
장야의 긴 어둠 일시에 사라지고
선불장에 앉아 공안 화두드니
무명의 긴 번뇌 일시에 소멸하네.

돌이켜 보면 본래 텅 빈 청정한 마음자리인 것을….

어젯밤에는 하늘에 별들이 쏟아져 내리드니
오늘 아침에는 또 하나의 붉은 해가 솟아 있네.

새벽 정진 마치고 포행하며 짓다

진리는 변하는 것이 아니며 그 어떤 대상에 있는 것도 아닙니다. 눈에 보이지 않는 마음은 어디에도 물들지 않고 그 어떤 경우에도 변하지 않습니다. 그 변하지 않는 마음을 정확하게 깨달아 아는 것이 필요합니다.

명상은 단순히 나무 그늘 아래서 마음을 쉬는 것만이 아닙니다. 사물에 대한 정확한 인식과 자기 내면에 대한 깊은 관조 없이 자신의 마음 실상을 깨닫기는 어려울 것입니다. 매 순간 내면을 들여다

보는 철저한 자기성찰 없이 스스로의 망상에서 벗어나기란 결코 쉽지 않다는 뜻이기도 합니다.

스스로 지어낸 생각들이 도리어 자신을 구속하는 경우가 많고 그렇기 때문에 지금 현재 일어나는 한 생각을 잘 다스려야 매 순간 일념에 집중할 수 있습니다. 왜냐하면 망상(쓸데없는 생각)은 삶의 고통을 만들어 가는 원인이 되기 때문입니다.

마음은 매 순간 우리 곁을 잠시도 떠나 있지 않습니다. 잠을 잘 때도 밥을 먹을 때도 생각을 할 때도 일을 할 때도 가고 올 때도….

오늘도 변하지 않는 진리 속에서 자신을 낮추는 겸손함으로 세상을 공경하고 자신의 청정한 마음을 발견하길 진심으로 기원합니다.

걸림 없이
유연하게 행동하십시오

몸가짐을 커다란 산과 솥처럼 굳건히 하여 움직이지 않으면
허물은 저절로 적어진다.
일을 받아들일 때 흐르는 물과 떨어지는 꽃처럼 유연하게 하면
이로움이 많이 생긴다.

『채근담』

일상에서 사물을 접하거나 사람을 만날 때 흐르는 물처럼 막힘 없고 걸림 없이 유연하게 말하고 책임감 있게 행동해야 합니다.

우리는 매 순간 세상과 호흡하며 사람들과 함께하고 있습니다. 그래서 몸가짐이 중요하고 마음가짐 또한 중요합니다.

말에 책임감이 있고 행동에 실천이 따르는 믿음이 있고 항상 의리를 지키는 행위는 자신을 이롭게 할 것이며 세상을 평화롭게 할 것입니다.

착한 행위를 하는 것은 자신의 삶을 더욱 행복하게 하기 위해서이지 명성이나 이익을 얻기 위함이 아닙니다. 그래서 착한 행위는 드러나지 않게 하는 것입니다.

착한 행위는 세상을 더욱 행복하고 평화롭게 합니다.

빛보다 빠른 생각

삶에는 거대한 흐름이 있다는 것을 깨닫는 것이 중요합니다.

어떠한 일이 일어나더라도 의연히 대처하고 집착을 내려놓아야 합니다.

세상에 가장 빠른 것은 빛이라 하지만 우리들의 한 생각은 빛보다 더 빠릅니다. 생각은 떠오름과 동시에 순식간에 만상에 스며듭니다. 그 생각이 모든 것을 만들어 가기 때문에 지금 일어나는 생각을 잘 살펴야 합니다.

모든 것이 흔적 없이 사라지는 것 같으나 그렇지 않습니다.

의식 속에 여러분의 생각이나 말, 행위들이 그림자처럼 따라다니며 의식하지 못하더라도 무의식 속에 남아 있습니다.

일운 스님의 속삭임 心·心·心

그래서 그 생각이 모든 행위를 만들고, 그 행위는 살아가는 데 모든 결과를 만들어 내며, 다른 사람들에게 고통을 주기도 하고 즐거움을 주기도 합니다.

훌륭한 생각으로 자신을 통제하고 낮추면 양보하고 배려하는 마음이 나날이 커질 것입니다. 그것이 자신을 진정 행복하게 하고 사회를 평화롭게 하는 근간이 될 것입니다.

모든 것으로부터의 자유

잠시 생각을 멈추고 자신의 마음에 머물러 보시기 바랍니다.

고요하고
평화롭고
여유롭고
자유로운

자신에게로 돌아갈 것입니다.

세상에서는 수많은 일이 반복적으로 일어나지만, 그것 또한 시간
의 흐름에 따라 사라집니다.
어떠한 고통도 어떠한 즐거움도 영원하지 않습니다.

모든 것은 변하기에 지금 이 순간이 가장 소중합니다.

지금 이 순간에 집중함으로 모든 집착, 애착, 욕망, 폭력으로부터 해방될 수 있습니다.

우리들은 있는 그대로의 삶을 제대로 보지 못하고 늘 쓸데없는 생각과 망상으로 고통 속에서 헤어나지 못하고 있습니다.

그 수많은 생각과 망상에서 벗어날 수 있는 유일한 길은 바로 지금 여기 이 순간에 집중하는 것입니다. 그렇게 하여야 모든 것으로부터 자유로움을 얻을 수 있습니다.

높은 것은 높은 것대로
낮은 것은 낮은 것대로

2,600여 년 전 부처님께서는 사물의 움직임을 관찰하면서 사유하신 결과 사물은 절대 신에 의해 만들어진 것이 아니요, 무질서한 채로 움직이는 것도 아니라는 사실을 밝혔습니다.

모든 사물은 원인과 주변의 여러 조건에 따라 서로 의지하면서 생성되고 머물다가 그 인연이 다하면 사라지는 법칙을 깨달았던 것입니다. 그것을 '연기'라 하며 사물의(상호의존적) 발생, 혹은 상의상관성이라고 합니다.

"브라질에서 움직인 나비의 날갯짓이 미국 텍사스에 토네이도를 일으킬 수 있다."는 과학 이론처럼, 이렇게 모든 것은 연관되어 있는 것입니다.

아무리 사소하더라도 조건이 형성되지 않으면 사건은 형성되지 않습니다. 결국 모든 것은 상호 작용의 관계 속에 있는 것입니다.

"이것이 있기 때문에 저것이 있고

이것이 생기기 때문에 저것이 생긴다.

이것이 없기 때문에 저것이 없고

이것이 사라지기 때문에 저것이 사라진다."

경전에도 이렇게 표현되어 있습니다.

삼라만상이 각자 선 자리에서 상호 의존한다는 뜻이며, 누구 때문에 내가 잘못된 것이 아니라 나 스스로 원인을 제공했기 때문에 그와 같은 결과가 있다는 것입니다.

서로 관계를 맺고 있는 존재의 실상을 바로 알면 자신뿐만 아니라 상대방의 소중함도 느끼게 되고, 우주 만물이 서로 의지하여 존재하는 까닭에 작은 물건이라도 그 고유의 가치가 있으며 그 자체로 완성되어 있다는 것을 알게 됩니다.

높은 것은 높은 것대로, 낮은 것은 낮은 것대로 가치를 지니고 있어서 모두 절대 평등합니다. 차이는 있으나 차별은 없습니다.

이러한 연기의 법칙은 부처님 이전에도 이미 작용하고 있었으며 지금도 작용하고 있습니다. 단지 부처님이 그 도리를 발견하였을 뿐입니다.

소중하고 절절한 시간

　지금 불영산사는 바람에 고운 단풍잎들이 한 잎 두 잎 떨어져 도량에 쌓여 가고 있습니다. 옷을 벗은 가을 숲을 보면 이제 정말 겨울 채비를 하는구나 싶습니다.

　절기의 변화는 매 순간 어김없이 찾아옵니다. 그와 같이 사람 또한 매 순간 변화하고 있습니다. 그러나 여러분의 지고지순한 마음은 변하는 것이 아닙니다. 인생무상의 이치를 바로 안다면 살아가는 매 순간이 매우 소중하고 절절하리라 생각합니다.

　오늘 새벽, 고고하고 찬 달빛 아래 천축선원 선불장에서 새벽 정진을 마치고 도량을 포행하며 아직 잠에서 깨어나지 아니 한 인연들에게 감사의 마음으로 축원을 했습니다.
　진정 행복하시기를….

병의 원인[*]

우리들의 마음 안에는 사랑, 기쁨, 행복, 희망이 있지만 미움, 절망, 좌절, 두려움 등이 존재하기도 합니다.

어떤 마음으로 사는 것이 가장 행복한지는 자신만이 알 수 있습니다. 지금 이 순간을 의식하는 사람은 자신의 감정을 잘 다스릴 수 있습니다.

살면서 받는 고통 중에는 병의 고통이 가장 클 것입니다. 병은 자신이 지은 행위, 즉 업(카르마: 미래에 선악의 결과를 가저오는 원인이 된다고 하는 몸과 입과 마음으로 짓는 선악의 소행)에 의해서 생겨났고, 그 업은 마음에서 일어난 것임을 바로 알아야 합니다.

지금 현재의 마음이 청정하고 진실한지, 아니면 즐겁고 행복한지, 지금 이 순간의 행위가 미래의 나의 모습입니다.

텅 빈 마음을
발견하게 될 것입니다

봄산은 스스로 푸르고
물은 절로 흐르는데
온종일 선불장에 앉아
텅빈 마음 마주하고 있네.

꽃은 피고 지나
언제나 말이 없고
바람은 가지 끝에 머무나
언제나 자취가 없네,
산은 늘 푸르고
물은 늘 흐른다.

봄 산철 결제 중에 새벽 정진을 마치고 짓다

일운 스님의 속삭임 心心心

말하지 않아도 봄은 오고 기다리지 않아도 봄은 오고, 봄이 가면 여름이 오고, 여름이 가면 그렇게 아름다운 가을이 오고, 가을이 가면 저절로 겨울은 오는 것을….

기다리지 않아도 막지 않아도 자연의 흐름은 강물이 흘러가듯 무심히 흘러갑니다.

이렇듯 자연 그대로 있는 그대로를 받아들일 수밖에 없습니다.

다만 이른 새벽, 생각이 일어나기 전에 조용히 자신을 들여다보면 맑고 깨끗하고 넓고 텅 빈 마음을 발견하게 될 것입니다.

그 마음은 어떠한 시간이나 공간에 얽매이지 않고 걸림 없이 자유로울 것입니다.

나를 위한 화해와 용서

『아미타경』에서는 극락세계를 '마음 착한 사람들이 모여 사는 곳'으로 표현합니다.

어질고 착한 사람은 남에게 베풀기를 좋아하고, 어려운 사람들의 아픔을 자신의 아픔으로 여기며, 생명 있는 존재를 자신의 몸처럼 생각합니다. 이런 사람들이 있기 때문에 우리 사회는 희망이 존재합니다.

반대로 가족 친구 동료 등을 이해하지 못하고 믿지 못해 가슴 아파하고, 끝내 용서하지 못해 한과 아픔을 지니고 사는 사람도 있습니다.

용서하고 용서하지 못하고는 스스로 만듭니다. 조건 없이 용서하고 조건 없이 사랑하는 마음을 갖는다면 스스로 편안할 것입니다.

자신의 진정한 행복을 위해 끊임없이 화해와 용서를 시도하시기 바랍니다.

모든 행위는 지금 이 순간에 이루어집니다.

행복도 불행도 언제나 지금 이 순간에 존재합니다.

나를 낮추고 비우십시오

벤저민 프랭클린이 선배를 만나고 나오다가 작은 문에 그만 머리를 부딪치고 말았다.

이것을 본 선배가 웃으며 말했다.

"네가 머리를 부딪친 것은 이 작은 문이 젊은 너에게 보내는 최고의 교훈이다. 세상을 살아가려면 머리를 숙여라. 그렇게 하면 머리를 부딪치는 일은 없을 것이다."

이 말을 들은 그는 더욱 겸손하게 살았다고 합니다.

나를 낮추고 나를 비우며 겸손하게 사는 태도는 누구든 지켜야 하는 삶의 덕목이 아닌가 생각합니다.

일운 스님의 속삭임 心·心·心

소탈하되 속됨이 없고, 박식하되 고루하지 않으며, 교양이 있어 타락하지 않고, 마음이 맑아 욕심이 없으며, 사치하지 않아 허영심이 없는 삶을 사는 것이 행복한 삶이 아닐까요?

행복은 지금 이 순간에 존재합니다.
이 순간을 떠나서 행복은 어디에도 존재하지 않습니다.

여러분의 진정한 행복을 응원합니다.
그러기 위해서 자신을 낮추고 겸손한 행위를 하시길 진심으로 부탁드립니다. 나를 낮추면 더욱 높아지고 나를 비우면 저절로 채워집니다.

마음이
바깥에 있다고 느낄 때

천축산의 봄빛은
불영 도량에 가득하고
봄비가 내리자 나무 가지마다
새움이 돋아나네.

눈 녹은 산물은
계곡으로 쉼 없이 흘러내리고
해 저물자 종소리만
온 산천에 울려 퍼지네.

봄 산철 결제 중에 짓다

육체의 주인은 마음입니다.

눈과 귀와 코와 입과 손발과 의식의 주인도 마음입니다.

그런데 사람들은 다만 눈으로만 보고 귀로만 들으려고 하다 보니 육체와 마음은 늘 분리될 수밖에 없고 자신의 삶은 고통으로 긴장 하고 불안할 수밖에 없습니다.

본래 자기 속에 숨겨져 있는 마음의 보물을 발견하기 위해 노력을 해야 합니다. 우리가 홀로 떨어져 있고 무가치하다고 느끼는 트랜스 에 매어 있을 때 불성(마음)은 우리의 바깥에 있는 것처럼 보입니다.

마음은 눈에 보이지 않으나, 우리는 그 마음으로 모든 즐거움과 괴로움을 느끼며 좋아하기도 하고 싫어하기도 합니다.

바로 지금 여기에 있는 그대로 자신을 향해 바라보고 느끼면, 느 끼는 순간 우리의 심오한 마음을 발견하게 될 것입니다.

동지 전야에

밝은 달빛은 아직도 영지 속에 잠겨 있고
산 구름은 병풍처럼 산허리에 둘러 있네.
한겨울 찬바람에 그늘지는 천축선원
서산 능선 해 그림자 뜨락 위에 머무네.

선불장 홀로 앉아 텅 빈 마음 바라보니
무한한 법계에 하늘과 나 하나이네.
구름 한 점 없는 텅 비고 맑은 공간에
외로운 마음달 교교히 불영도량을 비추네.

동지 전야에 선불장에서 짓다

새로운 태양이 되살아나는 동지절에 한 해의 삶을 돌아봅니다.

진정 맑고 깨끗한 삶을 살았는지.

남들에게 거짓과 오만으로 상처를 입히지는 않았는지.

나의 욕심을 채우기 위해 남의 것을 훔치거나 생명을 손상시키지
는 않았는지.

이 모든 행위 이미 지나갔으니 부정적인 것들 지극한 마음으로 참
회하며 강물에 모두 흘러보내고, 오늘부터 새로운 마음으로 귀중하
고 소중한 삶을 더욱 행복하게 창조해 가기 바랍니다.

일운 스님의 속삭임 心心心

지금이 없는
어제와 내일은 없습니다

모든 길은 수많은 길 중의 하나입니다.
인디언 야키족 치료사 돈후앙은 이렇게 말했다고 합니다.
"마음이 담긴 길을 걸어라.
그대가 걷고 있는 그 길에 마음이 담겨 있지 않다면
그대는 기꺼이 그 길을 떠나야 하리라."
마음을 떠나서는 단 한순간도 자신의 삶을 진실하고 바르게 하지 못한다는 것입니다.
왜냐하면 내 인생의 주인은 마음이기 때문입니다.
마음인 주인을 떠나서는 어떠한 삶도 의미가 없다는 것입니다.
어제의 삶도, 내일의 삶도….
지금 이 순간이 없는 어제와 내일의 삶은 없기 때문입니다.

지금 이 순간을 떠난 삶은 존재하지 않기에
매 순간 지금 여기 이 순간에 집중해 간다면
우리의 삶은 빛과 같은 존재의 삶이 될 것입니다.

시절인연

시절인연.

모든 인연에는 오고 가는 시기가 있다는 뜻입니다.

굳이 애쓰지 않아도 만나게 될 인연은 만나게 되어 있고, 무진장 애를 써도 만나지 못할 인연은 만나지 못합니다.

사람이나 일, 물건과의 만남도, 또한 깨달음과의 만남도 그 때가 있는 법입니다.

아무리 만나고 싶은 사람이 있어도 혹은 갖고 싶은 것이 있어도 시절인연이 무르익지 않으면 바로 옆에 두고도 만날 수 없고 손에 넣을 수 없는 법입니다.

또한 만나고 싶지 않아도, 갖고 싶지 않아도 시절의 때를 만나면 기어코 만날 수밖에 없습니다.

헤어짐도 마찬가지입니다.
헤어지는 것은 인연이 딱 거기까지이기 때문입니다.

사람이든, 재물이든, 내 품안에 내 손안에 영원히 머무는 것은 아무것도 없습니다. 그렇게 생각하면 재물 때문에 속상해하거나 인간관계 때문에 섭섭해할 이유가 없습니다.

미래를 아는 사람

　현명하고 지혜로운 사람은 스스로를 잘 다스려 늘 평화로운 마음을 유지하고 어떠한 칭찬이나 비난에도 흔들리지 않습니다. 그리고 우쭐대지도 않고 의기소침하지도 않습니다. 바르지 않은 수단과 방법으로 성공하려고도 하지 않고 남의 것을 대가 없이 바라지도 않습니다.

　현명하고 지혜로운 사람은 언제나 훌륭한 생각을 하고 바른 말을 하고 바른 행을 하여 모든 사람들로부터 신뢰를 얻습니다. 그런 사람들은 진실하고 행복한 사회를 만들기 위해 노력할 따름입니다.

나를 바꿀
실천에게

하루
한마디
위로

믿음과 감사 그리고 웃음

일상에서 잊지 말고 실천해야 할 세 가지가 있습니다.

첫째는 믿음입니다.

자신의 마음을 자신이 완전히 믿는 것입니다. 자신을 믿음으로써 자신감과 자존감이 생기게 되고, 그 어떠한 일도 진실하게 성취할 수 있는 힘이 생기게 됩니다.

둘째는 감사입니다.

모든 것에 감사하는 마음을 갖는 순간 마음은 저절로 행복해지고, 그 어떤 아픔이 와도 그 아픔을 치유하는 힘이 생깁니다.

셋째는 웃음입니다.

웃음과 기쁨은 수많은 질병을 녹여 없앱니다. 웃음은 용서와 화해로 자비로운 마음을 일으킵니다. 자비는 분별을 떠난 최고의 마음가짐입니다.

매 순간 자신을 철저하게 믿고 모든 것에 감사한 마음을 일으키며 웃음과 기쁨으로 일상에 임한다면 그 자체로 최고의 행복한 인생이 되리라 믿습니다.

우리는 누구나 자기 치유의 힘이 있다는 사실을 알아야 합니다.
마음의 병도
육체의 병도
분노의 병도
불안의 병도
원망의 병도
지금 이 순간 생각을 바꾸고 마음을 돌이키면 모든 것이 순식간에 사라집니다.

스스로 행복해지는 길

때를 따라 시대를 바르게 구원하는 것은
바람이 무더위를 사라지게 하는 것과 같고,
세속에 있으면서 세속을 잘 벗어나는 것은
담박한 달이 가벼운 구름을 비추는 것과 같다.

『채근담』

　세상에 살면서 세상을 바꾸는 힘은 요란함이나
권력의 힘으로 되는 것은 아니라 생각합니다.

　스스로 진실하고 청정하며 남에게 친절하고 온화하며 책임감 있
고 믿음을 줄 수 있어야 모든 사람들로부터 존경을 받을 것이며 스
스로도 행복할 것입니다.

　　　　　　　　　　　　　　　일운 스님의 속삭임 心·心·心

초겨울 바람 불어 도량은 서늘하고 해 저물자 산 그림자 길어지네.
밤이 깊을수록 밝은 달은 불영지 속에 잠겨 있고
찬란한 달빛은 텅 빈 천축선원 선불장 뜨락에 떨어지네.

나를 바꿀 실천에게

인생의 성공 여부는 자신을 믿는 자신감과 열정과 의지에 달려 있습니다.
근기가 약해지면 자신을 조절할 능력이 줄어들고
이성보다 감정이 앞서면 무슨 일을 하든 그르치게 됩니다.
게으른 마음을 내면 한없이 게을러지고
부지런한 마음을 일으키면 일으키는 순간 부지런해지는 것이
우리들이 가지고 있는 마음입니다.

일운 스님의 속삭임 心心心

지금 시작해야 할 여섯 가지*

살아가는 데 반드시 주의해야 할 여섯 가지가 있습니다.

조급해하지 마라.

시기, 질투를 하지 마라.

자신을 속이지 마라.

못났다고 한탄하지 마라.

외로워하지 마라.

게으르지 마라.

첫째는 '조급해하지 마라.'입니다.

성질이 급하면 실수가 많고 실수가 많으면 긴장과 불안감으로 어떤 일에서도 성공하기 어렵습니다. 무슨 일이든 빨리 서두르다 보면 신경이 예민해지고 신경이 예민하면 스트레스를 많이 받게 됩니다.

그러면 몸도 마음도 빨리 지치게 되어 어떠한 일도 안전하고 안정되게 할 수 없습니다. 무슨 일을 하든 그 일에 믿음을 갖고 최선을 다하면 반드시 안전하게 성공할 수 있습니다.

계산적이고 욕심이 많은 삶은 오히려 성공을 방해하지만, 열정적이고 안정된 삶은 조금은 느리게 가지만 오랫동안 자신감을 가지고 살게 될 것입니다. 그 자신감은 진정한 행복으로 이어지게 될 것입니다.

둘째는 '시기, 질투를 하지 마라.'입니다.

시기는 남이 잘되는 것을 샘하여 미워하는 것이고, 질투는 다른 사람이 잘되거나 좋은 처지에 있는 것을 공연히 미워하고 깎아내리려 하는 것입니다. 시기하고 질투하는 순간 자존감과 자신감을 상실하게 됩니다.

다른 사람의 행복을 인정해 주고 함께 상생함으로 해서 이 세상은 조화가 이루어지고 자신도 시기심이나 질투심에서 벗어날 수 있습니다.

자신의 공에 대해서는 다른 사람이 함께 칭찬해 주기를 바라면서 다른 사람의 공은 칭찬하지 않고 비방하는 마음을 일으킨다면 그것은 현명한 행동이 아니라고 생각합니다.

다른 사람의 행복을 조건 없이 축복해 주고 칭찬할 때, 자신도 다른 사람들로부터 축복과 인정을 받게 될 것이고 자신의 삶도 자유로워질 것입니다.

한순간에 일으킨 잘못된 생각 때문에 인생을 불행하게 살 수는 없지 않습니까? 자신에게 해를 끼치는 원인이 무엇인가 정확하게 알아야 하고 그 원인이 자신의 행위에 의해 만들어진 것임을 바로 인지해야 합니다.

매 순간 자비한 마음으로 일체 생명 있는 존재들을 공경하고 헌공하는 것은 고귀하고 소중한 마음이 있기 때문입니다. 고귀하고 소중한 여러분의 하나밖에 없는 생명을 지극한 마음으로 사랑하고 다독여 줄 것을 기대합니다.

셋째는 '자신을 속이지 마라.'입니다.

세상을 살아가면서 많은 사람과 많은 일들을 만나게 됩니다. 살다 보면 이런 사람도 만나고 저런 일도 만납니다. 그중에는 아주 값진 인연도 만나게 됩니다. 사람으로서 정직하고 진실하게 살아야 한다는 것을 잘 알고 있습니다. 그러나 우리들은 조그만 이익에 있어서는 인색하기 짝이 없고 남을 속이고 심지어는 자신도 속인다는 것입니다. 정말 무서운 일입니다. 세상 사람을 다 속일 수 있어도 자신은 절대로 속일 수 없습니다. 자신을 속일 수 없는 것처럼 남을 속이지 않아야 내 삶이 안정되고 평화로울 것입니다.

우리들은 고통을 원하지 않는다고 늘 말하면서도 고통을 일으키는 원인에 대해서는 아무런 생각이 없습니다. 예를 든다면 남을 속이고 화를 내는 것도 원인과 조건에 의한 것임을 바로 안다면 어찌 감히 나를 속이고 화를 일으킬 수 있겠습니까?

모든 것은 인연에 따릅니다. 인연은 서로가 맞물린 인과의 고리입니다. 가장 먼저 자신을 양심적으로 진실하게 잘 다스리면 그만큼 내 삶에 진정한 행복과 좋은 결과를 얻을 수 있습니다.

넷째는 '못났다고 한탄하지 마라.'입니다.
내 모습 그대로, 지금 모습 그대로를 사랑할 줄 알면 또다시 새로운 인생을 살게 될 것입니다.
우주 삼라만상의 현상세계는 같은 모습이 하나도 없습니다. 사람 또한 마찬가지입니다. 모든 것은 인연의 법칙에 따라 생겨나고 사라지고 또다시 만나고 헤어짐을 반복하며 사람들이 지은 바 행위에 따라 다르게 나타납니다. 그래서 세상은 각기 다른 모습이 어우러져 하나의 현상을 만들어 내고 있어 아름답기 그지없습니다.

돌 하나 풀 한 포기도 이유 없이 생겨나지 않았고, 삶도 연기의 법칙에 따라 하는 행위와 나타난 현상이 다를 수밖에 없습니다. 지금 내 모습 그대로 잘 살면 잘 사는 대로, 어려운 이를 돕는 데 최선을 다하고 어려우면 어려운 대로 아끼고 절약하며 만족하는 것이 중요합니다. 잘생기지 않았다고 성형을 하는 분이 많이 있지만 그렇게 한다고 해서 지은 업이 바뀌지 않습니다.

지금보다 성숙하고 지혜로운 삶을 원한다면 한탄하고 원망하기 전에 자신을 돌아보고 지금 현재의 삶을 있는 그대로 받아들이고 훌륭한 행위를 하는 것이 옳습니다.

지금 현재 일념에 집중된 삶을 사는 사람은 번뇌 망상에서 자유로울 수 있으며 모든 속박에서 벗어날 수 있습니다. 그리고 다시 새로운 인생을 창조할 수도 있습니다.

다섯째는 '외로워하지 마라.'입니다.

우리의 인생은 본래부터 공수래공수거, 즉 빈손으로 왔다가 빈손으로 갑니다. 어떠한 인연에 의하여 세상에 빈손으로 벌거벗고 왔다가 세상을 하직할 때 또한 빈몸으로 가는 것이 우리들의 인생입니다.

본래부터 혼자 왔다가 혼자 가기 때문에 부부든, 부모자식이든, 형제든, 친척이든, 친구든, 인연이 있어 잠시 만났지만 인연이 다하면 자연히 혼자 떠나는 것입니다. 그 어떤 누구도 대신할 수 없는 것이 이 세상의 진리이자 법칙입니다.

그러나 우리가 떠날 때 가져가는 것이 딱 한 가지 있습니다. 그것은 오직 여러분들이 평소에 지은 행위, 즉 업입니다. 업은 반드시 가지고 갑니다. 몸과 입과 마음으로 짓는 선악의 소행을 말합니다. 선업이든 악업이든 그 지은 바 업은 인과의 법칙에 의해서 반드시 받습니다. 그래서 지금 우리들의 생각과 말과 행동은 매우 중요합니다. 그것이 원인이 되어 결과를 만들어 내기 때문입니다. 그래서 세상에는 지은 바 업이 다르기 때문에 천차만별 모든 것이 다르게 나타납니다.

인생은 본래 그러하기에 고독하고 외롭다 하나 고독의 진실을 바로 알면 고독하거나 외롭지 않습니다. 내가 없다면 이 세상과 사람들은 존재하지 않기 때문입니다. 나는 우주의 주인이며 세상의 주인

일운 스님의 속삭임 心·心·心

이며 인생의 주인입니다. 영화나 드라마에 나오는 잠시 주인공이 아닌 인생의 진짜 주인공입니다.

하늘에는 해와 달 그리고 수많은 별들, 맑은 물이 흐르는 시냇물, 푸른 숲 등 삼라만상의 자연 현상도 나를 위해 존재한다는 사실을 기억하기 바랍니다.

여섯째는 '게으르지 마라.'입니다.

게으름은 사람을 끊임없이 나태하게 하고 스스로의 능력을 포기하게 하며 건강을 해칩니다.

우리가 살아가면서 가장 자랑스러운 것은 결코 넘어지지 않는 데 있는 것이 아니라, 넘어질 때마다 다시 일어서는 데 있습니다. 그 뜻은 '자만하지 않고 게으르지 않으며 항시 노력한다.'라는 것입니다. 우리는 모두 무한한 자기의 능력과 에너지를 갖고 있으며, 누구든지 바른 의지와 올바른 인생의 목표만 있으면 어떠한 꿈도 성공할 수 있습니다.

게으름이 중독이 되면 약도 없다 했습니다. 하루의 일과를 정해 놓고 자신감 있는 삶을 만들어 가는 것이 정신 건강에도 육체 건강에도 좋습니다.

인생의 성공 여부는 자신을 믿는 자신감과 열정과 의지에 달려 있습니다. 근기가 약해지면 자신을 조절할 능력이 줄어들고 이성보다 감정이 앞서면 무슨 일을 하든 그르치게 됩니다. 게으른 마음을 내면 한없이 게을러지고 부지런한 마음을 일으키면 일으키는 순간 부지런해지는 것이 여러분이 가지고 있는 마음입니다.

부처님께서도 제자들에게 남기신 마지막 말씀이 "게으르지 말고 열심히 정진하라."입니다. 활기 넘치는 자신감으로 한 걸음 한 걸음 나아가다 보면 여러분들이 세운 목적지에 반드시 도달하리라 믿습니다.

시작은 지금부터입니다.

일운 스님의 속삭임 心·心·心

행복을 위한 수칙[*]

지혜로써 관조하면
안과 밖을 밝게 통하여 비춤으로써
자기의 본심을 인식할 수 있다.
만약 자기의 본심을 인식하면 바로 해탈하는 것이다.

『법보단경』

행복하기 위해 지켜야 할 수칙이 또 있습니다.

목표는 정확하게 세우고

실력은 확실하게 연마하고

습관은 자기 관리를 위해 올바르게 통제하고

체력은 자신의 건강을 위해 단련하고

믿음은 자신과 다른 사람과의 신뢰를 위해 반드시 지키고

마음은 자신의 근본을 깨닫고 세상의 근본을 깨닫기 위해, 세상과

소통하고 자기와 소통하기 위해 반드시 열려 있어야 합니다.

여러분들의 찬란하고 아름다운 행복은 지금부터 시작됩니다.

일상에서 지켜야 할
여섯 가지

복은 검소함에서 생기고 덕은 겸양에서 생기며
지혜는 고요히 생각하는 데서 생기고
근심은 애욕에서 생기고 재앙은 물욕에서 생기며
허물은 경망에서 생기고 죄는 참지 못하는 데서 생긴다.

「숫타니파타」

바람은 응향각 대나무 숲을 지나가도 소리가 나지 않고, 새들은
불영사 영지 위를 날아도 그림자를 남기지 않습니다.
　마음이 고요하고 욕심을 줄이면 즐거움이 영원을 간다 합니다.

일상에서 반드시 지켜야 할 여섯 가지로

과식을 줄이고

말을 줄이고

화를 내지 않고

욕심을 비우고

많이 웃고

많이 걸으면

몸도 마음도 건강하고 편안해질 것입니다.

행복 결정의 조건 *

수류화개 청로미희 水流花開 淸露未晞
물은 흐르고 꽃은 피는데 맑은 이슬 아직 남아 있네.

〈진발〉 사공도(중국 시인, 837~908)

행복을 결정하는 두 가지 조건이 있습니다.

첫째는 지금 내가 하고 있는 일에 대해서 자신감과 사명감을 갖는 것이며 그것이 나에게 의미를 가져다주는 일인지 정확히 아는 것입니다.

둘째로 내가 하고 있는 일에 대해서 나와 주변 사람들과의 관계가 원만하고 소통이 잘되는지, 편견은 없는지, 이해 부족으로 마음의 상처를 주거나 불편을 끼치는 일은 없는지 아는 것이 중요합니다.

자신에게도 이롭고 다른 사람에게도 이로움을 줄 수 있는 일이라면 가치 있는 일이 행복한 삶으로 바뀌게 될 것입니다.

당신의 지혜와 용기로 자신의 삶을 매 순간 가치 있고 행복하게 이어가시길 기대합니다.

지금 이 순간이 없는 내일은 존재하지 않습니다.

조화로운 삶을 위한
다섯 가지

공경할 줄 아는 이는 예의와 질서가 있고
그로 인해 안락을 누릴 수 있게 된다.

「잡아함경」

누군가를 사랑하는 것은 어렵지 않습니다. 다만 오랫동안 조화롭게 서로 이해하며 살아간다는 것은 쉽지 않을 것입니다.

그러면 어떻게 살아가는 것이 가장 자신에게 이익되고 조화로운 삶이 될까요.

살아 있는 생명을 해치지 않는다.

남의 것을 훔치거나 탐내지 않는다.

청정하지 못한 행위를 하지 않는다.

거짓말과 위선된 행위를 하지 않는다.

모든 생명을 내 생명처럼 공경하고 사랑한다.

일운 스님의 속삭임 心·心·心

이 다섯 가지를 잘 실천한다면 내면의 마음은 늘 평화로울 것이며 고요하고 청정하여 사람들의 공경을 받을 것입니다.

그리고 이를 실천하는 사람은 조화로운 삶, 주인공의 삶, 진실하고 청정한 삶을 살아갈 수 있을 것입니다.

一 耘 小 詠
일운 스님의 속삭임, 심·심·심

| **초판 1쇄 발행**_ 2014년 6월 12일
| **초판 5쇄 발행**_ 2024년 11월 20일

| **지은이**_ 일운
| **그림**_ 미호(miho)
| **펴낸이**_ 오세룡
| **편집**_ 박성화 손미숙 윤예지 여수령 정연주
| **기획**_ 곽은영 최윤정
| **디자인**_ 고혜정 김효선 최지혜
| **홍보·마케팅**_ 정성진
| **펴낸곳**_ 담앤북스
          서울특별시 종로구 새문안로3길 23(내수동) 경희궁의 아침 4단지 805호
          대표전화 02)765-1251 전송 02)764-1251 전자우편 dhamenbooks@naver.com
          출판등록 제300-2011-115호
| ISBN   978-89-98946-26-5   03810

이 도서의 국립중앙도서관 출판시도서목록(CIP)은 서지정보유통지원시스템 홈페이지(http://seoji.nl.go.kr)와 국가자료공동목록시스템(http://www.nl.go.kr/kolisnet)에서 이용하실 수 있습니다.(CIP제어번호: CIP2014016831)

정가 14,000원